U0047794

日文點餐一指就通

不會日文也能吃遍日本！

黃美珍——著

蔡佩君 譯

ENJOY
일본어
메뉴판 읽기

本書構造與特徵

□ 喜多方拉麵
□ 京都拉麵

目錄將帶領你，一覽本書介紹的所有日本美食。出發去日本旅遊之際，請利用前面的小格子，替你吃過和想吃的美食做記號吧！

本書將日本美食分為幾大種類，不懂日文也能輕鬆閱讀。選擇困難時，可以從每個類別裡的 BEST 推薦中，挑選出最想吃的美食！

① 便利商店美食　　② 日式定食　　③ 拉麵

④ 蕎麥麵　　　　　⑤ 烏龍麵　　　⑥ 天婦羅

⑦ 丼飯　　　　　　⑧ 生魚片　　　⑨ 壽司

⑩ 日式燒肉　　　　⑪ 居酒屋　　　⑫ 速食餐廳&家庭餐廳

⑬ 涮涮鍋　　　　　⑭ 壽喜燒　　　⑮ 御好燒

⑯ 鍋物　　　　　　⑰ 咖啡廳　　　⑱ 麵包&甜點

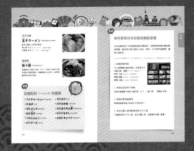

除了好吃的日本美食以外，還有如何使用拉麵自動販賣機的小祕訣，以及教你如何配出美味又好吃的醬料，讓你學會道地日本綠茶的泡法，告訴你關於日本公司聚餐的文化，好吃又好學！

此外，還能學習日本餐廳裡必備的日文單字，一八六頁更介紹了許多日本餐廳裡經常出現的基礎對話。

附錄的部分透過肉類、海鮮、蔬菜等分類，幫助讀者輕鬆找到中日對應單字。

目錄
★ enjoy ★

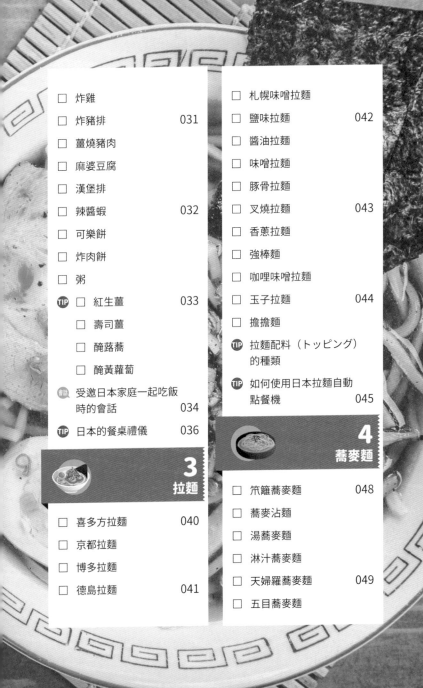

5 烏龍麵

6 天婦羅

7 丼飯

8 生魚片

18 麵包＆甜點

適合當伴手禮的甜點們

 餐廳必備的基本會話 186

 餐廳必備的單字　192

隨掃隨聽
單字例句音檔

日本是名副其實的便利商店天堂！日文中，便利商店被稱為コンビニエンス・ストア (convenience store)，也被簡稱為コンビニ（convenie）。最常見的便利商店有 Lowsan、7-11、Ministop 和 FamilyMart 等。商品包羅萬象，包括新上商品、期間限定商品和自有品牌商品等，除此之外還附有 ATM 提款機、影印和列印等服務，讓人不上門都不行。這裡就來介紹日本便利商店的必吃美食和一些實用小撇步給大家。

便利商店美食

便利商店美食大集合

1 便當 弁当 (べんとう) bentou

不管是便利商店賣的便當，還是在火車站也買得到的駅弁（えきべん），都可以看出日本人熱愛便當的程度。多樣的口味選擇加上便宜的價格，讓便當成為了旅遊首選美食。高級的新潟越光米（コシヒカリ）加上去骨日式炸雞（からあげ）、牛五花（牛 [ぎゅう] カルビ）、炸豬排（とんカツ）、蔬菜等，讓便當跟其他料理比起來毫不遜色。

2 布丁 プリン purin

不遜色於高級咖啡廳裡的布丁，也是便利商店裡的人氣美食之一。除了最常見的焦糖布丁（カスタードプリン kasuta-dopurin）以外，還有芒果布丁（マンゴープリン mango-purin）、抹茶布丁（抹茶 [まっちゃ] プリン macchapurin）等多種口味。雖然是唾手可得的便利商店布丁，卻有著驚豔味蕾的美味。

3 關東煮 おでん oden

只要跟店員要個紙杯，然後到關東煮區選擇自己喜歡的口味，再結帳就可以了。
關東煮除了黑輪以外，還可以嘗試牛板筋、豆皮小福袋、蘿蔔等各種不同口味。

蘿蔔 大根（だいこん）daikon	雞蛋 たまご tamago
竹輪 ちくわ chikuwa	蒟蒻 こんにゃく konnyaku
鱈寶 はんぺん hanpen	豆腐 豆腐（とうふ）toufu
香腸 ウィンナー whinna-	

三角飯糰

おにぎり onigiri

鮪魚沙拉 ツナマヨ tsunamayo　鮭魚 鮭（さけ）sake
明太子 明太子（めんたいこ）mentaiko
泡菜豬肉 豚（ぶた）キムチ butakimuchi
柴魚飯糰 おかか okaka

飯糰

おむすび omusubi

意指圓形的飯糰，比起三角飯糰飯量更足，吃一
個就可以飽足口腹。另外也有長得像紫菜包飯的
長條形飯糰（卷［ま］き maki）。

日式炒麵

焼きそは yakisoba

是一款加入青菜和肉類炒成的日式炒麵，一般居
酒屋裡都能吃到。日本便利商店裡賣的 U.F.O
日式炒麵人氣也很高。

中華麵

中華麵 chuukamen

冷麵 冷麵（れいめん）reimen
中華冷麵 冷（ひ）やし中華（ちゅうか）hiyashichuuka

杯麵

カップラーメン kappura-men

咚兵衛 どん兵衛（べえ）donbee
拉王 ラ王（おう）raou
日清杯麵 カップヌードル kappunu-doru
綠色天婦羅蕎麥麵 たぬき天（てん）そば
tanukitensoba

義大利麵

スパゲッティ supagetthi

肉醬 ミートソース mi-toso-su
培根蛋麵 カルボナーラ karubona-ra
明太子 明太子（めんたいこ）mentaiko
和風（わふう）wafuu

焗烤

グラタン
guratan

包子

中華まん chuukaman
ちゅう か

肉包 肉（にく）まん nikuman
披薩包 ピザまん pizaman
豆沙包 あんまん anman

三明治

サンドイッチ sandoicchi

火腿 ハム hamu　　起司 チーズ chi-zu
雞蛋 たまご tamago　　鮪魚 ツナ tsuna
萵苣 レタス retasu　　雞肉 チキン chikin
總匯 ミックス mikkusu

麵包卷

ロールパン
ro-rupan

沙拉

サラダ
sarada

冰淇淋

アイスクリーム
aisukuri-mu

草莓 いちご ichigo　　抹茶 (まっちゃ) maccha
巧克力 チョコ choko　　香草 バニラ banira

瓶裝咖啡
<ruby>缶<rt>かん</rt></ruby>コーヒー
kanko-hi-

黑咖啡 ブラック burakku
牛奶 ミルク miruku
拿鐵 ラテ rate
咖啡歐蕾 カフェオレ kafeore

口香糖
ガム
gamu

薄荷 ミント minto
泡泡糖 フーセンガム fu-sengamu
潔牙口香糖 歯（は）みがきガム
　hamigakigamu

糖果
<ruby>飴<rt>あめ</rt></ruby>
ame

糖果 キャンディ kyandhi
黑糖 黒（くろ）あめ kuroame
薄荷 ハッカ hakka
汽水 ソーダ so-da
牛奶 ミルク miruku
蜜桃 桃（もも）momo

巧克力
チョコレート
chokore-to

白巧克力 ホワイト howaito
抹茶 まっちゃ maccha
草莓 ストロベリー sutoroberi-
堅果 アーモンド a-mondo
生巧克力 生（なま）チョコレート
namachokore-to

Tip

適合當早餐的美食

日本的咖啡廳和家庭餐廳從一大早到早上十一點，大部分都會提供早點套餐。通常有吐司配水煮蛋或是三明治等料理。

我要吃生蛋拌飯

- 法國吐司 **フレンチトースト** furenchito-suto
- 火腿三明治 **ハムサンド** hamusando
- 熱狗 **ホットドッグ** hottodoggu
- 香腸 **ソーセージ** so-se-ji
- 培根蛋 **ベーコンエッグ** be-koneggu
- 炒蛋 **スクランブルエッグ** sukuranburueggu
- 水煮蛋 **ゆでたまご** yudetamago
- 水果優格 **フルーツヨーグルト** furu-tsuyo-guruto
- 香菇雜炊 **きのこ雜炊** kinokozousui
- 生蛋拌飯 **玉子かけご飯** tamagokakegohan

便利商店會話

MP3
01

(便當或其他食物) 要加熱嗎？

温めますか。
あたた

atatamemasuka

請幫我用微波爐加熱。

チンしてください。

chinshite kudasai

需要袋子嗎？

袋はご利用ですか。
ふくろ　　　　り　よう

fukurowa goriyou desuka

要幫您放進袋子嗎？

袋に入れますか。
ふくろ　い

fukuroni iremasuka

要分開裝嗎？

別々に入れますか。
べつ べつ　い

betsubetsuni iremasuka

🗣 放一起可以嗎？

一緒にお入れしてもよろしいですか。

いっしょ・い

isshoni oireshitemo yoroshiidesuka

★ 回答時，答應的話就說はい（hai），拒絕就說いいえ（iie）。

🗣 需要吸管嗎？

ストローおつけしますか。

sutoro- otsukeshimasuka

🗣 請給我湯匙。

スプーンお願いします。

ねが

supu-n onegaishimasu

🗣 請給我竹筷子。

わりばしお願いします。

ねが

waribashi onegaishimasu

竹筷子 わりばし waribashi　　湯匙 スプーン supu-n
吸管 ストロー sutoro-　　　　袋子 袋（ふくろ）fukuro
塑膠袋 ビニール袋（ふくろ）bini-rufukuro
微波爐 電子（でんし）レンジ denshirenji

最近和風食堂如雨後春筍般出現，木製托盤上放著白飯、湯和各式小菜，每人一份的形式，讓人總有受到特別禮遇的擺盤，就是日式定食以及日本和食的最大特色。這次的日本旅行，比起有名的壽司和烏龍麵，要不要也嘗試一次日本和食（わしょく）呢？日本有很多可以體驗每日定食（日替 [ひが] わり定食 [ていしょく]）的店呢！

2
★ enjoy ★

日式定食

味噌湯
み そ しる
味噌汁
misoshiru

茶碗蒸
ちゃわん む
茶碗蒸し
chawanmushi

烤魚
や   さかな
焼き魚
yakizakana

馬鈴薯燉肉
にく
肉じゃが
nikujaga

咖哩飯
カレーライス
kare-raisu

和食大集合

1 烤魚 焼(や)き魚(ざかな) yakizakana

日本的烤魚通常是鹽烤，或是直接烤熟之後配著蘿蔔泥（大根 [だいこん] おろし daikonoroshi）一起吃。
秋刀魚 さんま sanma
沙丁魚 いわし iwashi
竹莢魚 あじ aji
多線魚 ほっけ hokke
鯖魚 さば saba
鮭魚 さけ sake

2 馬鈴薯燉肉 肉(にく)じゃが nikujaga

主材料是牛肉片（或豬肉片）與馬鈴薯，放入洋蔥等各種蔬菜，加入醬油、糖和味醂等調味料，慢慢燉成帶甜味的馬鈴薯燉肉。這道料理可謂是日本媽媽們的代表料理。

3 咖哩飯 カレーライス kare-raisu

咖哩會因為放入的食材不同，和咖哩粉的味道不同，煮出不同的風味。每個日本家庭煮出來的咖哩都略有不同。我在日本寄宿家庭時，吃到房東叔叔親手煮的香菇咖哩，那個美味至今我都忘不了。你們知道咖哩煮出來後，放一天再加熱會更美味嗎？
辣味 辛口（からくち）karakuchi
中辣 中辛（ちゅうがら）chuugara
甜味 甘口（あまくち）amakuchi

味噌湯
味噌汁 misoshiru

味噌湯是日本版的大醬湯。是將柴魚片、鰹魚和昆布在水裡泡開後,熬煮成的湯。舀出來的湯頭可以配上蔥花,或者貝類、魚板、豆皮、豆腐、海帶、香菇等食材,會讓湯頭更美味。

茶碗蒸
茶碗蒸し chawanmushi

茶碗蒸比起蒸蛋更滑嫩,擁有入口即化的口感。

玉子燒
卵焼き tamagoyaki

在日本又被稱為だし巻(ま)き玉子(たまご)(dashimakitamago)。製作過程中因為加了糖,所以帶有微甜的口感。

高麗菜捲
ロールキャベツ
ro-rukyabetsu
又稱作キャベツロール(kyabetsuro-ru)。

醬煮牛蒡
キンピラ
kinpira

馬鈴薯沙拉
ポテトサラダ
potetosarada

涼拌豆腐
ひややっこ
冷奴 hiyayakko

在嫩豆腐上放上配菜並淋上醬汁。一般會放上蔥花、蘿蔔泥和柴魚片，再淋上醬油。

醃酸梅
うめ ぼ
梅干じ umeboshi

醃製過後的梅子，帶有酸酸鹹鹹的口感。日本人非常喜歡的小食。

炒蔬菜

野菜炒め yasaiitame

野菜（やさい yasai）是蔬菜的意思，炒（いた）め（itame）就是清炒的意思。

菠菜拌芝麻醬

ほうれん草の胡麻和え
hourensounogomaae

ほうれん草（そう）（hourensou）是菠菜，胡麻（ごま goma）是芝麻。

燉大豆蒟蒻球

こんにゃくと大豆の煮物
konnyakutodaizunonimono

蒟蒻在日本是很常被使用的食材，對於減肥和便祕非常有效。

醋拌小黃瓜海帶

きゅうりとわかめの酢の物
kyuuritowakamenosunomono

きゅうり（kyuuri）是小黃瓜，わかめ（wakame）是海帶。酢（す su）是醋的意思，只要在菜單上看到「酢」，就能知道這道菜帶有酸酸的口感。

燉牛肉

ビーフシチュー bi-fushichu-

燉雞肉　チキンシチュー　chikinshichu-
奶油燉菜　クリームシチュー　kuri-mushichu-

炒飯

チャーハン cha-han

也稱作焼き飯（やきめし yakimeshi），如果放
入雞肉塊拌炒，就變成了雞肉炒飯（チキンライ
ス chikinraisu）。

蛋包飯

オムライス
omuraisu

炸雞
<ruby>唐<rt>から</rt></ruby><ruby>揚<rt>あ</rt></ruby>げ karaage

去骨炸雞。不僅是日本家常菜，在居酒屋裡也經
常被當作是下酒菜。

炸豬排
豚カツ tonkatsu

就像韓國考試前要吃年糕，日本學生考試前一定要吃豬排。因為日文中，豬排的發音カツ（katsu）和「勝利」的日文勝（か）つ（katsu）的發音一樣。

薑燒豬肉
しょうが焼き shougayaki

和韓式烤牛肉的口味相近，是一道在日本非常受歡迎的菜。

麻婆豆腐
麻婆豆腐 mabodoufu

原本是中式料理，但改良為日本口味後，不但不會辣，而且還帶有甜甜的口感。

漢堡排
ハンバーグ hanba-gu

孩子們最喜歡的人氣 TOP1。

辣醬蝦

海老のチリソース
ebinochiriso-su

又稱作海老（えび）チリ（ebichiri）。

可樂餅

コロッケ korokke

牛肉 ビーフ bi-fu　雞肉 チキン chikin
咖哩 カレ kare　雞蛋 たまご tamago
南瓜 かぼちゃ kabocha　蝦子 えび ebi
培根起司 ベーコンチーズ be-konchi-zu
奶油蟹肉 かにクリーム kanikuri-mu

炸肉餅

メンチカツ menchikatsu

Mince cutlet 就是日本的炸肉餅。在牛絞肉裡加
入洋蔥和各式蔬菜，最後裹上麵包粉衣炸製而
成。隨著廚師的不同，外觀、大小和材料都會有
所不同。

粥

お粥（かゆ） okayu ／ 雑炊（ぞうすい） zousui

お粥（かゆ）（okayu）是在飯裡加入水煮成的粥。
雑炊（ぞうすい）（zousui）是在高湯裡加入飯煮成
的粥。吃鍋物的時候，在剩下的湯裡加入飯、雞
蛋等食材煮成的粥，就是雑炊。

紅生薑

<ruby>紅<rt>べに</rt></ruby>しょうが benishouga

把切成絲的生薑放進梅子醋裡醃製成紅色的。是吃章魚燒、日式炒麵、牛丼等料理時,不可或缺的好夥伴。

壽司薑

ガリ gari

把薑切成薄片後,加入鹽和醋醃製而成。一般是作為吃壽司時清口的小菜。

醃蕗蕎

ラッキョウ rakkyou

是由外觀酷似蔥的蕗蕎製作而成。將蕗蕎的根部泡在醋裡醃製,是壽司店和吃日式咖哩時不可或缺的小菜。

醃黃蘿蔔

たくあん takuan

日本的醃黃蘿蔔,必須先把蘿蔔放在戶外曬約一週,再將其切片醃製。比韓式醃蘿蔔的口感更加清脆。

受邀日本家庭一起吃飯時的會話　MP3 02 🎧

我要開動了。

いただきます。
itadakimasu

我吃飽了／謝謝招待。

ごちそうさまでした。
gochisousamadeshita

不要客氣，請多吃一點（敬語）。

どんどん食べてください。
た
dondon tabete kudasai

多吃一點（平語）。

たくさん食べて。
た
takusan tabete

還合口味嗎？

お口に合いますか。
くち　あ
okuchini aimasuka

是的，非常美味。

はい、とてもおいしいです。

hai, totemo oishiidesu

我想吃納豆。

なっとうが食_たべてみたいです。

nattouga tabete mitaidesu

真好吃。

おいしかったです。

oishikattadesu

請再給我一碗。

おかわりください。

okawari kudasai

小碟子 取（と）リ皿（さら）torisara
白飯 ご飯（はん）gohan
小菜 おかず okazu
日式漬物 漬物（つけもの）tsukemono
納豆 なっとう nattou

日本的餐桌禮儀

一般日式定食，除了必備的白飯與味噌湯以外，還會附上一道主要的配菜，和兩道附屬的小菜。一式三菜，也就是一碗湯加上三份配菜，是日式定食的基本形式。吃的時候，不偏食自己喜歡的食物，每一道菜都平均攝入，是日本的餐桌禮儀。一般吃飯的時候盡量不發出聲音，但是遇上拉麵等麵類料理時，就要大口吸入，發出呼嚕嚕的聲音才是食物好吃的表現。

筷子不能豎放，而是橫放在吃飯的人與碗的中間。

一手拿著碗，一手拿著筷子。

喝湯的時候也使用筷子。先把湯裡的菜舀起來吃,最後再拌一拌,直接拿起碗喝湯。

如果遇到與別人共享的菜,要裝進自己的碗裡食用。

筷子不用的時候要放在筷架上。如果沒有筷架,要將筷子放回原先裝筷子的紙袋裡。不可以把筷子插在飯裡,也不能架在碗上!

吃魚時挑出來的刺,會放在盤子的邊緣。而一旁的醃製生薑,則是為了去掉吃完海鮮後嘴裡的腥味。

日本拉麵大致分為四個種類，豬骨熬製而成的豚骨拉麵（とんこつラーメン）、用鹽作為調味基底的鹽味拉麵（しおラーメン）、以及醬油拉麵（しょうゆラーメン）和味噌拉麵（みそラーメン）。

日本拉麵隨著地區不同，湯頭、麵條的粗細和配料都會有所不同。湯頭有豬大骨、柴魚片、昆布、鯷魚等種類；麵又分為粗麵、細麵、直麵、捲麵等。配料有將煮熟的豬肉薄切的叉燒、蔥、水煮蛋、醃筍等選擇。

3

★enjoy★

拉麺

鹽味拉麺
しお
塩ラーメン
shiora-men

醬油拉麺
しょう ゆ
醬油ラーメン
shouyura-men

味噌拉麺
み そ
味噌ラーメン
misora-men

豚骨拉麺
とんこつ
豚骨ラーメン
tonkotsura-men

叉燒拉麺
めん
チャーシュー麺
cha-shu-men

拉麵菜單

日本的地方知名拉麵

1 喜多方拉麵
喜多方ラーメン
きたかた
kitakatara-men

以醬油高湯做基底，味道清爽不膩口，是一級絕品。麵條如刀切麵一般，寬大又具有嚼勁，配上醬油、豬骨、海鮮、蔬菜等食材製作而成。味道濃郁又不失清爽。

2 京都拉麵
京都ラーメン
きょうと
kyoutora-men

說到京都，就會聯想到清爽的口味。但是京都拉麵一反常態，使用雞骨和豬骨熬製湯底，再搭配蔬菜，口味十分濃郁。

3 博多拉麵
博多ラーメン
はかた
hakatara-men

屬於使用豬骨高湯的豚骨拉麵（とんこつラーメン）的一種。主要特徵是濃郁的湯頭配上細麵。拉麵名字會隨著拉麵的配料而改變，如果配上豬肉片，就是叉燒麵（チャーシュー麺［めん］）；配上滿滿的蔥花，就是香蔥拉麵（ネギラーメン）。

4 德島拉麵
とくしま
徳島ラーメン
tokushimara-men

以豬骨熬出湯頭,再加入醬油調味,所以湯頭顏色多半比較深。配上豬五花,並且在出餐前打一顆生蛋,是德島拉麵最大的特色。有著讓人忍不住想配上一碗白飯的滋味。

5 札幌味噌拉麵
さっぽろ み そ
札幌味噌ラーメン
sapporomisora-men

札幌是味噌的發源地。當地拉麵的特色是鹹中帶點微辣,再配上切成細絲的蔬菜。它與喜多方拉麵和博多豚骨拉麵被並列為日本三大拉麵。

鹽味拉麵
塩ラーメン shiora-men

只用鹽調味的鹽味拉麵。因為除了鹽巴以外不加任何調味料，更能讓饕客把重點放在湯頭，享受白色湯頭清爽無比的口感。

醬油拉麵
醬油ラーメン shouyura-men

因為沒有什麼特殊的調味，所以可以說是最能符合台灣人口味的拉麵。

味噌拉麵
味噌ラーメン misora-men

湯頭裡散發著味噌特有的鹹味。是日本拉麵當中最常被提到的拉麵之一，可以說是最具代表性的拉麵。

豚骨拉麵
豚骨ラーメン tonkotsura-men

利用豬骨熬製出來的拉麵，濃郁的湯頭加上細麵是其最大特徵。

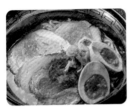

叉燒拉麵

チャーシュー麺 cha-shu-men
めん

將煮好的豬肉薄切做成叉燒後，加在拉麵上。

香蔥拉麵

ネギラーメン negira-men

湯頭裡散發著味噌特有的鹹味。是日本拉麵裡最常被提到的拉麵之一，也可以說是最具代表性的拉麵。

強棒麵

チャンポン chanpon

使用雞骨和豬骨熬出湯頭，白色濃郁的湯頭為其特色。其中最有名的，就屬富有滿滿海鮮的長崎強棒麵。

咖哩味噌拉麵

味噌カレーラーメン
み そ

misokare-ra-men

味噌拉麵湯頭裡加上咖哩粉，散發著獨特的咖哩香氣。通常會配上叉燒、豆芽、奶油、海帶、竹筍等配料。

玉子拉麵
たま ご
玉子ラーメン tamagora-men

豚骨拉麵配上煮熟的雞蛋。
溏心蛋 味玉子（あじたまご）ajitamago
水煮蛋 煮玉子（にたまご）nitamago

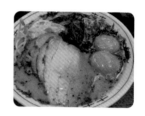

擔擔麵
たん たん めん
担々麵 tantanmen

擔擔麵由中國四川傳入日本。香辣的口感和芝麻
的香氣在嘴裡散開。擔擔麵最大的特色，就是細
麵搭配香辣的湯頭。

Tip

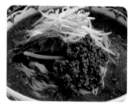

拉麵配料（トッピング）的種類

- 叉燒 **チャーシュー** cha-shu-
- 蔥 **ねぎ** negi
- 筍乾 **メンマ** menma
- 雞蛋 たまご **玉子** tamago
- 大蒜 **にんにく** ninniku
- 起司 **チーズ** chi-zu

- 海苔 **のり** nori
- 海帶 **わかめ** wakame
- 菠菜 そう **ほうれん草** hourensou
- 綠豆芽 **もやし** moyashi
- 高麗菜 **キャベツ** kyabetsu

Tip

如何使用日本拉麵自動點餐機

日本拉麵店爲了加快點餐速度和翻桌率，多數都會設置拉麵自動販賣機。最近很多都已經加上英文、韓文、中文等外語翻譯，變得方便許多。

1. 點選想要的菜

可以選擇麵的量和粗細。如果想另外加點白飯，請選ライス（raisu）。

加倍 大盛（おおもり）oomori

細麵 細麺（ほそめん）hosomen

粗麵 太麺（ふとめん）futomen

2. 用現金或信用卡結帳

有很多販賣機不接受大額鈔票（五千、一萬日幣），請務必注意。

3. 拿取找零和點餐券

零錢和點餐券會分別掉在不同的地方。

4. 坐在位置上後把點餐券給工作人員

不需要特別叫工作人員，坐在位置上後，店員會到位置上點餐。

蕎麥麵有分成冷蕎麥麵（つめたいそば）和熱蕎麥麵（あたたかいそば）。吃蕎麥麵的方法，大致分為三種。

首先蕎麥沾麵（つけそば）跟韓國的蕎麥湯麵非常相似，沾醬（つゆ）會另外分開，再將冷的麵條沾上醬汁食用。笊籬蕎麥麵通稱為もりそば或ざるそば，もり是盛得滿滿的意思，ざる則是笊籬之意。第二個則是淋汁蕎麥麵（ぶっかけそば）。在寬大的瓷碗裡，放上小黃瓜、青蔥、海苔、雞蛋等食材，再將醬汁淋入到稍微淹過麵條的程度。最後則是湯蕎麥麵（かけそば）。一般會在煮熟的麵條裡倒入熱呼呼的湯頭，但也有些地方會直接把麵和湯汁一同滾煮。

蕎麥麵

4
★enjoy★

笊籬蕎麥麵
ざるそば
zarusoba

蕎麥沾麵
つけそば
tsukesoba

湯蕎麥麵
かけそば
kakesoba

淋汁蕎麥麵
ぶっかけそば
bukkakesoba

蕎麥麵菜單

推薦美食 BEST 4

1 笊籬蕎麥麵 ざるそば zarusoba

跟韓式蕎麥麵非常相似。將麵條冰鎮後沾著醬汁
（つゆ tsuyu）食用，也被稱為盛蕎麥麵（もり
そば morisoba）。

2 蕎麥沾麵 つけそば tsukesoba

用來指稱所有沾醬食用的蕎麥麵。屬於冷蕎麥麵
的笊籬蕎麥麵和盛蕎麥麵，都是最具代表性的蕎
麥沾麵。

3 湯蕎麥麵 かけそば kakesoba

湯蕎麥麵中的「湯[ゆ]かけ」（yukake），指
將醬汁或湯頭「倒入」的意思，也就是在煮熟的
蕎麥麵上，倒上熱呼呼的湯頭。某些地區也會將
蕎麥麵和湯頭一起煮。

4 淋汁蕎麥麵 ぶっかけそば
bukkakesoba

先將蕎麥麵裝在碗裡，再放上小黃瓜、青蔥、海
苔、雞蛋等食材，然後將醬汁淋至稍微淹沒麵條。
冰涼沁心的淋汁蕎麥麵，是夏日蕎麥麵的首選。

天婦羅蕎麥麵
天ぷらそば tenpurasoba
_{てん}

蝦子天婦羅可以說是最美味的天婦羅了！蕎麥麵配上炸得金黃酥脆的蝦子天婦羅，美味程度不言而喻。

五目蕎麥麵
五目そば gomokusoba
_{ご もく}

配上蔬菜、雞蛋、香菇等配料，清爽又清淡的蕎麥麵，讓人回味無窮。

什錦蔬菜天婦羅蕎麥麵
かき揚げそば kakiagesoba
_あ

「かき揚 [あ] げ」（kakiage）就是炸蔬菜的意思。一口蔬菜天婦羅、一口蕎麥麵，吃著吃著，絕對會讓人不知不覺露出一抹微笑。

狐蕎麥麵／炸豆皮蕎麥麵
きつねそば kitsunesoba

放入了狐狸（きつね kitsune）喜歡的豆皮製成的蕎麥麵。享受軟嫩炸豆皮配上蕎麥麵所帶來的美味吧。

狸蕎麥麵／麵衣蕎麥麵
たぬきそば tanukisoba

加入麵衣（天 [てん] かす tenkasu）的蕎麥麵。

月見蕎麥麵
月見そば tsukimisoba
<ruby>月見<rt>つき み</rt></ruby>

雞蛋的蛋黃就像月亮，蛋白就像雲朵，看見它就如同看見月亮，因此得名為月見（つきみ tsukimi）。

蘿蔔泥蕎麥麵
おろしそば oroshisoba

把磨好的蘿蔔泥（大根 [だいこん] おろし daikonoroshi）放在蕎麥麵上。

山菜蕎麥麵
山菜そば sansaisoba
<ruby>山菜<rt>さん さい</rt></ruby>

放入山菜製成的蕎麥麵，非常有益健康。

南蠻蕎麥麵
南蛮そば nanbansoba

蕎麥麵配上用肉和蔥熬成的湯汁。隨著熬煮湯汁的食材不同，又分為鴨南蠻（かも kamo，鴨）和肉南蠻（にく niku，肉）。

天婦羅南蠻蕎麥麵
天南蛮そば tennanbansoba

在南蠻蕎麥麵上加入天婦羅。

咖哩南蠻蕎麥麵
カレー南蛮そば
kare-nanbansoba

加入咖哩做成的湯汁，別有一番風味。

滑子菇蕎麥麵
なめこそば namekosoba

熱呼呼的湯頭加上香菇，十分美味。

海帶蕎麥麵

わかめそば wakamesoba

わかめ（wakame）是海帶的意思，顧名思義就是放入海帶的蕎麥麵。

鯡魚蕎麥麵

にしんそば nishinsoba

蕎麥麵放上燉煮過的鯡魚，在北海道和京都非常有名。推薦給喜歡吃海鮮的你。

阿龜蕎麥麵

おかめそば okamesoba

加入魚板和香菇的蕎麥麵。

泡雪蕎麥麵
あわ ゆき
泡雪そば awayukisoba

在熱湯裡加入泡沫狀蛋白的蕎麥麵。

笊與籠的區別

蕎麥麵專賣店裡，用來裝蕎麥麵的器具叫做什麼呢？點笊籬蕎麥麵時，店家會使用笊（ざる）或者籠（せいろ），兩者都是竹子編成的，只是外觀上有點差異。

籠 **せいろ**

笊 **ざる**

蕎麥麵裡的配料

日式醬油	芥末	海苔
つゆ	**わさび**	**のり**
tsuyu	wasabi	nori
蘿蔔泥	山藥泥	海帶
だいこん		
大根おろし	**とろろ**	**わかめ**
daikonoroshi	tororo	wakame
小黃瓜	天婦羅	炸豆皮
	てん	あぶら あ
きゅうり	**天ぷら**	**油揚げ**
kyuuri	tenpura	aburaage
魚板	麵衣	
かまぼこ	てん	あ たま
蒲鉾	**天かす**	**揚げ玉**
kamaboko	tenkasu	agetama

魚板

麵衣

山藥泥

如何讓蕎麥麵變得更美味

醬汁一般都裝在一個像酒瓶的容器──「德利（と
くり）」裡。先把醬汁倒三分之一進入碗裡，再
放入芥末和蔥，沾著蕎麥麵吃。吃的時候如果覺
得味道淡了，再從德利裡倒出醬汁調味即可。醬
汁維持在三分之一的量，更能品嘗出蕎麥麵的美味與香氣，但
也能隨著個人喜好變化，例如有人喜歡在蕎麥麵上沾上滿滿的
醬汁食用。

在日本，吃蕎麥麵、拉麵、烏冬麵等麵
類料理時，發出「呼嚕嚕」的聲響是表
示好吃之意。所以在吃麵類料理時，不需要
小心翼翼不發出聲音。

吃完蕎麥麵之後，會把剩下的醬汁加上煮蕎麥麵的湯（蕎麦湯
[そばゆ]）一起喝下，以幫助蕎麥麵消化。去蕎麥麵專賣店時，
也有些店家會按照客人的用餐速度，準備好裝著蕎麥湯的小茶
壺（湯桶 [ゆとう]）哦。

吃完蕎麥麵
後，也喝喝看
蕎麥湯吧！

為了一嘗烏龍麵的美味，不少人會特地拜訪它的故鄉——日本。烏龍麵條柔軟，卻仍富有嚼勁（コシ），充滿生命力。

大家耳熟能詳的讚岐烏龍麵，就是發源自日本的讚岐縣（現在的香川縣），最主要的特色，就是那滑嫩飽滿又充滿嚼勁的麵條。日本烏龍麵與韓國烏冬麵最大的差別，也許就是麵條吧。

除了熱騰騰的烏龍麵以外，也有涼涼的打掛烏龍麵（ぶっかけうどん），還有加入蔬菜、豬肉等一起拌炒的炒烏龍麵（やきうどん）等。透過不同的料理法，一起享受各式多變的美味烏龍麵。

烏龍麵

清湯烏龍麵

かけうどん
kakeudon

竹簍烏龍麵

ざるうどん
zaruudon

打掛烏龍麵

ぶっかけうどん
bukkakeudon

山藥泥烏龍麵

山かけうどん
yamakakeudon

天婦羅烏龍麵

天ぷらうどん
tenpuraudon

烏龍麵菜單

1 打掛烏龍麵
ぶっかけうどん bukkakeudon

將各種配料放在煮好的烏龍麵上，最後再淋上一點湯頭，隨著個人喜好不同，還可以加入薑、蔥、芥末等辛香料。湯頭是由海帶、柴魚片和鰹魚等食材所熬煮出來。

2 山藥泥烏龍麵
山かけうどん yamakakeudon

特色是將山藥泥（とろろ tororo）淋在烏龍麵上，有些地區也稱之為とろろうどん（tororoudon）。

3 天婦羅烏龍麵
天ぷらうどん tenpuraudon

有時會配上魷魚或蝦子天婦羅（天[てん]ぷら tenpura），有時則是蔬菜天婦羅（かき揚[あ]げ kakiage）。酥脆的天婦羅配上烏龍麵，堪稱一絕。

清湯烏龍麵

かけうどん kakeudon

把烏龍麵放進熱呼呼的沾醬裡，最後撒上蔥花作為配料。也被稱作素烏龍麵（素[す]うどん suudon）。

竹簍烏龍麵

ざるうどん zaruudon

將煮好的麵條，放在冷水下沖泡，最後放上竹簍，沾著醬汁食用。

沾醬熱烏龍

つけ汁うどん tsukejiruudon
じる

烏龍麵沾上用豬肉和香菇熬煮的醬汁一起食用。

釜揚烏龍麵

釜揚げうどん kamaageudon
かま あ

將烏龍麵放在煮麵的熱水裡一起出菜。

味噌烏龍麵
味噌煮込みうどん
みそにこ
misonikomiudon

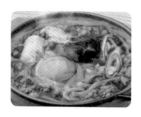

以味噌為基底，將生麵條直接放進湯裡煮滾，味噌湯香氣逼人。

炒烏龍麵
焼きうどん yakiudon
や

放入豬肉和蔬菜一起拌炒的烏龍麵，並在上頭撒上柴魚片食用。

細切油豆腐烏龍麵
きざみうどん kizamiudon

放上切成細條的炸油豆腐一起食用。

狐烏龍麵／炸豆皮烏龍麵
きつねうどん kitsuneudon

用醬油煮過的炸豆皮，美味更上一層。

貍烏龍麵／麵衣烏龍麵

たぬきうどん tanukiudon

作為配料的麵衣（天 [てん] かす tenkasu）十分香脆。

月見烏龍麵
^{つき み}

月見うどん tsukimiudon

在清湯烏龍麵裡加入生雞蛋。蛋白就像雲朵，看見它就如同看見月亮，因此得名為月見（つきみ tsukimi）。

蛋花烏龍麵

とじうどん tojiudon

將半熟的雞蛋，像蓋飯一般鋪在烏龍麵上，也被稱作為卵（たまご）とじうどん（tamagotojiudon）。加入雞肉的話又稱作為親子烏龍麵（親子 [おやこ] うどん oyakoudon）。

烤麻糬烏龍麵
^{ちから}

力うどん chikaraudon

以麻糬（餅 [もち] mochi）作為配料的烏龍麵。年糕在日本傳統上，是慶典時食用的食物。據說是為了祈求天神賜予力量（力 [ちから] chikara），因此才在烏龍麵裡放入麻糬。

阿龜烏龍麵

おかめうどん okameudon

麵的配料非常豐富，有魚板、菠菜、雞肉等。特徵是會使用松茸、豆皮、魚板等食材排成阿龜（日本傳統微笑女子的面具）的樣子。

卓袱烏龍麵

<ruby>しっぽく</ruby>
卓袱うどん shippokuudon

使用香菇燉煮，再加入魚板、豆皮、茼芹等配菜。京都的卓袱烏龍麵非常有名。

芡汁烏龍麵

あんかけうどん ankakeudon

あんかけ（ankake）指用澱粉勾芡過的芡汁，例如糖醋肉的沾醬。

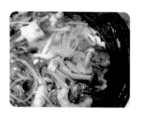

咖哩烏龍麵

カレーうどん kare-udon

喜歡咖哩的人，一定要嘗試咖哩烏龍麵。日本咖哩濃厚的香氣，與烏龍麵非常般配。

Tip

如何讓烏龍麵變得更美味

清湯烏龍麵

冰鎮烏龍麵

烏龍麵和其他麵類料理，雖然都是從中國傳入，但是日本發展了一套自己獨特的品嘗方法。烏龍麵的吃法，分成冰鎮之後再吃的冰鎮烏龍麵（冷[ひ]やしうどん），以及有著熱騰騰湯底的清湯烏龍麵（かけうどん）。

冰鎮烏龍麵（冷[ひ]やしうどん）是將烏龍麵煮熟後，放入冷水冰鎮。等到溫度降低後，再放進丼碗裡，配上蔥花和芥末沾著醬汁食用。

清湯烏龍麵（かけうどん）則是在煮熟的烏龍麵上，倒入熱騰騰的醬湯，再配上蔥花和麵衣等配料食用。配料的種類非常豐富，例如調味過的炸豆皮、天婦羅、海帶、蕨菜等。

炸物原本是葡萄牙料理，江戶時代傳入日本後，逐漸發展為天婦羅（天[てん]ぷら）。日本的天婦羅種類非常多樣，除了海鮮與蔬菜外，他們也將冰淇淋、柿子、梅子醬菜、海膽卵、餅乾、壽司等做成炸物。吃天婦羅時，會配上放有蘿蔔泥的天婦羅沾醬（天[てん]つゆ），或是直接沾著鹽吃，也會撒上清爽的檸檬汁食用，有時也與烏龍麵和蕎麥麵一起吃。將天婦羅放在白飯上並淋上天婦羅醬汁的天婦羅丼飯（天丼[てんどん]）也是很常見的吃法。

6
★enjoy★

天婦羅

炸蝦天婦羅
えび　　てん
海老の天ぷら
ebinotenpura

南瓜天婦羅
てん
かぼちゃの天ぷら
kabochanotenpura

沙鮻天婦羅
てん
キスの天ぷら
kisunotenpura

地瓜天婦羅
てん
さつまいもの天ぷら
satsumaimonotenpura

什錦天婦羅
あ
かき揚げ
kakiage

天婦羅菜單

推薦美食 BEST 5

1 炸蝦天婦羅
海老の天ぷら ebinotenpura

炸蝦天婦羅絕對是天婦羅裡的第一名。裹著薄薄炸衣，一隻隻炸得金黃酥脆的炸蝦天婦羅，一咬就能感受到那香脆的口感。海老就是蝦子的意思，在日文裡被寫作えび或エビ。找菜單的時候，別忘了多看一眼哦。

2 南瓜天婦羅
かぼちゃの天ぷら
kabochanotenpura

酥脆炸衣與香甜南瓜的相遇！讓人忘記炸物的感覺，深深地被南瓜香甜柔軟的口感給包圍。

3 沙鮻天婦羅
キスの天ぷら kisunotenpura

清淡又香酥的口感！在高級的日式料理店裡，絕對少不了沙鮻天婦羅的身影。

4 地瓜天婦羅
さつまいもの天ぷら
satsumaimonotenpura

剛炸起來的地瓜天婦羅，不僅讓地瓜的
甜味加倍，也讓酥脆的口感更增添一層
風味。

5 什錦天婦羅
かき揚げ kakiage

在京都地區大部分是混合蝦子、干貝、
山芹菜等食材下去炸。不過隨著時間
推進，現在的食材變得更加多樣了。
多了茼蒿、**紅生薑**（紅[べに]しょうが
benishouga）、**櫻花蝦**（桜[さくら]え
び sakuraebi）等食材。

星鰻天婦羅
あな ご てん
穴子天 anagoten
直接把整條星鰻下去炸。

香腸天婦羅
てん
ソーセージ天 so-se-jiten
維也納香腸
ウィンナーソーセージ whinna-so-se-ji

蓮藕天婦羅
てん
レンコン天 renkonten
蓮藕本身脆脆的口感，非常適合做成天婦羅。

白身魚天婦羅
しろ み さかなてん
白身魚天 shiromisakanaten
主要使用沙鮻（きす kisu）、星鰻（あなご
anago）、銀魚（しらお shirao）、小香魚（ち
あゆ chiayu）。

蟹肉棒天婦羅

かにかま天 kanikamaten

蟹肉棒 かにかま kanikama

秋葵天婦羅

オクラ天 okuraten

秋葵（オクラ okura）是日本人經常食用的蔬菜之一。長得有點像辣椒，但是並不會辣。

金針菇天婦羅

えのき天 enokiten

金針菇 えのきたけ enokitake

香菇天婦羅

しいたけ天 shiitaketen

香菇 しいたけ shiitake

小番茄天婦羅
ミニトマト<ruby>天<rt>てん</rt></ruby>
minitomatoten

半熟蛋天婦羅
<ruby>半熟玉子天<rt>はんじゅくたま　ご　てん</rt></ruby> hanjukutamagoten

雞蛋的日文漢字是玉子和卵，有時候也會寫成た
まご或タマゴ（tamago）。

竹輪天婦羅
ちくわ<ruby>天<rt>てん</rt></ruby> chikuwaten

竹輪（ちくわ chikuwa）是魚板的一種，長條形
的模樣下，中間是空心的。

雞肉天婦羅
<ruby>鶏天<rt>とり　てん</rt></ruby> toriten

綜合天婦羅
天ぷら盛り合わせ
<small>てん　　　　　も　　あ</small>
tenpuramoriawase

裡面包含了各種不同的天婦羅，可以一次嘗到各種口味。

綜合蔬菜天婦羅
野菜天ぷら盛り合わせ
<small>や　さい てん　　　　　も　　あ</small>
yasaitenpuramoriawase

可以嘗遍各種蔬菜天婦羅。

讓天婦羅更好吃的小祕訣

天婦羅隨著個人喜好，可以直接沾鹽吃，也可以沾天婦羅沾醬（天［てん］つゆ）。蔬菜種類的天婦羅，爲了保留蔬菜原本的香氣，一般都會沾鹽食用。天婦羅專賣店爲了讓客人享受更有特色的香氣與色彩，會把鹽和抹茶或咖哩粉混在一起，

提供給客人做選擇。天婦羅除了單吃以外，味道與飯和麵也十分匹配。放上天婦羅再撒上天婦羅醬汁的天婦羅丼飯（天丼［てんどん］）、天婦羅烏龍麵和天婦羅蕎麥麵，都非常美味。

日本道地的綠茶飲法

日本電影和連續劇裡，經常能看到日本家庭桌上放著熱水壺、泡著熱茶的場景，日本人在家經常會喝綠茶。此外，日本人有吃完飯後要用綠茶清口的習慣，因此某些餐廳在客人吃飽後，也會提供綠茶。

比起使用茶包泡茶，日本人更偏好將茶葉直接放入茶壺，再倒入熱騰騰的熱水泡開。這種泡茶方式，水的熱度會直接影響茶葉沖出來的香氣。一般最常見的是煎茶（せんちゃ）。為了泡出甘而不澀的煎茶，熱水的溫度要保持在七十至八十度。至於香氣比較特殊的玄米茶、烘焙茶、中國茶及紅茶，要使用一百度滾燙的熱水沖泡，才能逼出香氣去除苦澀。

以上就是泡出美味煎茶的小祕訣哦！

❶ 放入茶葉。
(兩人份四克：兩茶匙)

❷ 泡高級煎茶時，要先將熱水倒入茶杯中。
(水溫：八十度)
※ 普通煎茶可以直接把熱水壺的水倒進茶杯裡。

❸ 將散過蒸氣的熱水注入茶壺中。
(注入時間：約三十秒)

❹ 倒茶的時候不要一鼓作氣倒完，大約分成三次一點一點分著倒。這是為了在喝茶的時候，確保能夠均勻每杯茶的濃度。

丼飯（どんぶり）其實就是蓋飯，也會被簡稱為丼（どん）。去日本旅行時，經常可以看見像吉野屋（吉野屋 [よしのや]）、食其家（すき家 [すきや]）、松屋（松屋 [まつや]）這類的牛肉丼飯（牛丼 [ぎゅうどん]）連鎖店，除了味道不錯以外，也是方便簡單的午餐選擇。這類店舖一般也是透過自動販賣機，選好菜單後，再拿餐券去點餐。選擇份量的時候，如果看到盛（もり）這個單字，就代表可以選擇餐點供給的飯量，只要按照自己的食量選擇就可以囉！

ミニ　＜　並盛（なみもり）　＜　中盛（ちゅうもり）　＜　大盛（おおもり）　＜　特盛（とくもり）
小份　　　一般　　　　　　　中份　　　　　　　大份　　　　　　　特大份

丼飯

7
★enjoy★

牛肉丼飯
きゅうどん
牛丼
gyuudon

天婦羅丼飯
てんどん
天丼
tendon

親子丼
おやこどん
親子丼
oyakodon

豬排丼飯
どん
カツ丼
katsudon

鰻魚丼飯
どん
うな丼
unadon

丼飯菜單

1 鰻魚丼飯
うな丼 _{どん} unadon

據說江戶時代的鰻魚專賣店,把鰻魚(うな
ぎ unagi)放在飯上販賣,是鰻魚丼飯的起
源。負擔不起昂貴的養生鰻魚,那麼塗上特
製醬汁,烤得香氣十足的鰻魚丼飯,就是物
美價廉的選擇。

2 牛肉丼飯
牛丼 ぎゅうどん gyuudon

將牛肉和洋蔥一起煮成鹹中帶甜的口味,再
將其鋪到飯上,做成牛肉丼飯。隨著個人
喜好,也可以加入紅生薑(紅 [べに] しょう
が benishouga)、七味粉(七味 [しちみ]
shichimi)、生雞蛋等。

3 天婦羅丼飯
天丼 てんどん tendon

在丼飯放上魷魚、蝦子、洋蔥、茄子、紫蘇
等炸物,再淋上天婦羅沾醬(天 [てん] つゆ
tentsuyu)。

4
親子丼
おや こ どん
親子丼 oyakodon

加入雞肉、洋蔥等食材拌煮，最後再加入蛋液製成的丼飯。親子（おやこ oyako）是父母與孩子的意思，父母是雞肉，孩子是雞蛋，將其一起拌煮才被稱作親子丼。如果把雞肉換成牛肉或豬肉，就會變成他人丼（他人丼 [たにんどん] tanindon），因為此時就不單純只有雞肉和雞蛋，還參雜了其他的東西。

5
豬排丼飯
どん
カツ丼 katsudon

將炸好的豬排切成四至五等份，放入切好的洋蔥和醬汁，稍微加熱煮至入味。接著再打上一顆蛋，加熱後鋪在飯上，再撒上切成細絲的海苔或其他食材。

海鮮丼飯
かい せん どん
海鮮丼 kaisendon

可以稱作是日式海鮮蓋飯，不過跟韓式海鮮蓋飯最大的差別是，幾乎不放蔬菜，而是將各式海鮮放在醋飯上。日式海鮮蓋飯不拌著吃，而是將白飯和海鮮一起舀起，沾上芥末和醬油食用。

三色丼
さん しょく どん
三色丼 sanshokudon

有著三種不同色彩的丼飯。一般會加入炒碎肉、炒蛋和涼拌的深色蔬菜。有時也會放入雞肉、雞蛋和菠菜等食材。

照燒雞肉丼飯
きじ やき どん
雉燒丼 kijiyakidon

雞腿肉配上青辣椒，香氣四溢還帶點微辣的口味。

柳川風丼飯
やな がわ ふう どん
柳川風丼
yanagawafuudon

著名的柳川鍋是日本傳統養生飲食之一，加入了泥鰍、牛蒡和雞蛋。但是柳川丼是用雞肉代替泥鰍製成的丼飯。

蔥花鮪魚丼飯
ねぎとろ丼 negitorodon

鮪魚腹肉（大［おお］トロ ootoro）是鮪魚全身上下富含最多脂肪的部位。這是鮮豔的碎鮪魚腹肉配上密密麻麻的蔥花，所料理成的丼飯。

中華丼
中華丼 chuukadon

相當於中華料理中的八寶菜蓋飯。

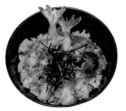

炸蝦丼飯
エビ丼 ebidon

放上炸蝦的蓋飯。

鮭魚卵丼飯
イクラ丼 ikuradon

鮭魚卵蓋飯。鮭魚卵的日文為イクラ（ikura）。

海膽丼飯
うに丼 unidon

海膽蓋飯。うに（uni）為海膽。

滑蛋丼飯
玉丼 tamadon

以蛋和蔥煮成的蓋飯。也稱作たまご丼（どん）（tamagodon）。

生魩仔魚丼飯
しらす丼 shirasudon

生魩仔魚蓋飯。魩仔魚（しらす shirasu）比起鯷魚還要更小，且水分也更多。

鮪魚生魚片丼飯
鉄火丼 tekkadon

生鮪魚蓋飯。白飯撒上切成細絲的海苔，再鋪上鮪魚（マグロ maguro）生魚片（赤身 [あかみ] akami），最後配上芥末和蘿蔔嬰食用。赤身（あかみ akami）特別指鮪魚肚上鮮紅色的肉。

> **Tip**

如何讓丼飯變得更美味

有一部分的丼飯,已經加好了醬汁(タレ),或是料理過程已經跟醬汁一起熬煮。這種丼飯的食材都已經吸收了醬汁的調味,直接入口即可。不過有一部分丼飯並沒有調味,例如海鮮丼、鮪魚生魚片丼飯、蔥花鮪魚丼飯等這類的丼飯,會放上芥末、淋上醬油一起吃。但根據個人喜好,也可以先將食材沾上醬油和芥末,再與飯一起入口。

調味料&醬料

鹽 しお **塩** shio	砂糖 さとう **砂糖** satou	醬油 しょう ゆ **醬油** shouyu
味噌 み そ **味噌** miso	醋 す **酢** su	辣椒粉 とうがらし **唐辛子** tougarashi
美乃滋 **マヨネーズ** mayone-zu	番茄醬 **ケチャップ** kechappu	芝麻 **ゴマ** goma
芝麻油 ご ま あぶら **胡麻油** gomaabura	醬汁 **たれ** tare	檸檬汁 じる **レモン汁** remonjiru

山葵 **わさび** wasabi 	七味粉 しち み **七味** shichimi 由辣椒粉、大麻籽、海苔粉、芝麻、芥子、花椒等七種材料混合而成的調味料。七味粉能幫食物的味道更添一層美味。一般會加在烏龍麵或蕎麥麵的湯頭裡，或是灑在燒烤或炸物的上面。	辛香料 やく み **薬味** yakumi 為食物添加香氣或辣味的調味料，一般會加在蕎麥麵、烏龍麵等麵類料理或鍋物裡面。由細蔥、薑、薑芽、山葵、白芝麻、海苔等食材製成。

柚子醬
ゆずドレッシング
yuzudoresshingu

將柚子皮和果汁與沙拉油混合製成的醬。酸中帶甜，很適合與沙拉或蔬食一起食用。

和風醬
和風ドレッシング
わ ふう
wafuudoresshingu

以醬油為基底製成的沙拉專用醬。與高麗菜和蘿蔔沙拉等一般日本飲食非常搭配。

柚子醋
ポン酢 ponzu
ず

由柑橘類果汁製成，是日本最具代表性的調味料。是將柚子汁和味醂、酒、醬油、柴魚片混合後製成醬料。主要拿來沾鍋物或涮涮鍋裡的配菜，但是在吃炸豬排、漢堡等比較油膩的飲食，為了添加清爽的口感，也會添加柚子醋。

芝麻醬
胡麻ダレ gomadare
ご ま

將芝麻磨碎後製成的醬料，香氣逼人。可以用來當涮涮鍋沾料，也可以加在蔬菜、涼菜、沙拉裡食用。

炸物沾醬／天婦羅沾醬
天つゆ tentsuyu
てん

柴魚高湯、醬油、味醂、砂糖等混合後製成的炸物專用醬汁。吃天婦羅的時候都會一起附上，可加上生薑汁與蘿蔔汁調味食用。

日本人認為美食的最高原則就是享受食物的原味。因此像生魚片（刺身[さしみ]）這類能夠品嘗食物原味的生食方式，在日本非常盛行。為了讓生魚片更加美味，日本人會搭配山葵、芥末、生薑等配料沾著醬油一起入口。在日本除了白肉生魚片以外，還可以享用到各式其他種類的生魚片，比如像鮪魚（マグロ）一樣的紅肉生魚片，以及鮭魚、章魚、蝦子、花枝、鯖魚……等。如果想要一次嘗試各種口味的話，就點一盤綜合生魚片（盛[も]り合[あ]わせ）吧！

8
★enjoy★

生魚片

鯖魚
サバ
saba

竹莢魚
アジ
aji

鰹魚
カツオ
katsuo

紅魽
カンパチ
kanpachi

青魽（鰤魚）
ブリ
buri

生魚片菜單

1 鯖魚

サバ（さば・鯖）saba

鯖魚生魚片是經過鹽和醋加工製成。鯖魚富有嚼勁，每咬一口就能感受到鯖魚獨特且濃厚的香氣在嘴裡擴散。

2 竹莢魚

アジ（あじ・鰺）aji

竹莢魚生魚片在日本是最受歡迎的生魚片，甚至可以被稱爲是「國民生魚片」，在餐桌上經常可以見到它的身影。烤竹莢魚也是常見的料理方式，不過只要試一次竹莢魚生魚片，一定會被它的嚼勁給驚豔。

3 鰹魚

カツオ（かつお・鰹）katsuo

鰹魚在日本水產市場大約有百分之四十以上的占有率，不過在韓國鰹魚（カツオ katsuo）並不屬於常見魚種。在夏天比起鯖魚，鰹魚是更美味的選擇，獨特的風味加上鮮嫩的口感，讓人回味無窮。

4 紅魽
カンパチ（かんぱち）
kanpachi

比青魽結實且更有嚼勁的高級生魚片。
不管是生吃還是烤著吃都非常美味。

5 青魽（鰤魚）
ブリ（ぶり・鰤）buri

冬季時青魽的腹肉生魚片會充滿脂肪，
鮮嫩柔軟的肉質在嘴裡瞬間化開的滋
味，味道堪稱一絕。

魚類

鮪魚
マグロ（まぐろ・鮪）
maguro

鮭魚
サケ（さけ・鮭）
sake

秋刀魚
サンマ（さんま・秋刀魚）
sanma

鰆魚
サワラ（さわら・鰆）
sawara

比目魚
ヒラメ（ひらめ・平目）
hirame

鯛魚
タイ（たい・鯛）
tai

幼鰤魚
ハマチ（はまち）
hamachi

白帶魚
タチウオ（たちうお・太刀魚）
tachiuo

日本花鱸
スズキ（すずき）
suzuki

河豚
フグ（ふぐ）
fugu

鰻魚
ウナギ（うなぎ・鰻）
unagi

Tip

鮪魚生魚片怎麼點？

去到日本餐廳時，我們經常會看見 maguro（マグロ）或 ootoro（大トロ）這類的日式用語。maguro（マグロ）其實是指鮪魚本身，ootoro（大トロ）和 chuutoro（中トロ）是鮪魚身上的部位。

中（ちゅう）**トロ** chuutoro

鮪魚肚中脂肪偏多的部位，為淡紅色。

大（おお）**トロ** ootoro

鮪魚肚中脂肪最飽和的部分，價格也最昂貴。

貝類

鮑魚
アワビ（あわび・鮑）
awabi

牡蠣
カキ（かき・牡蠣）
kaki

螺
サザエ（さざえ）
sazae

干貝
ホタテガイ
（ほたてがい・帆立貝）
hotategai

其他海鮮

章魚
タコ（たこ）
tako

海膽
ウニ（うに・海栗）
uni

鮭魚卵
イクラ（いくら）
ikura

蝦子
エビ（えび・海老）
ebi

海參
ナマコ（なまこ・海鼠）
namako

花枝
イカ（いか）
ika

壽司的食材除了海鮮以外，還包含魚卵、貝類、雞蛋、蔬菜等，不限於生食，也包含許多熟食。

壽司的種類多樣，我們最常見的是握壽司（握り寿司［にぎりずし］），也就是把海鮮放在白飯上面；將白飯和食材用海苔捲起來的，則是壽司卷（卷き寿司［まきずし］）；有鮭魚卵或海膽的壽司稱為軍艦壽司（軍艦巻き［ぐんかんまき］）；而像韓國的海鮮蓋飯一樣，將生魚片和海鮮鋪在白飯上的稱作散壽司（ちらし寿司［ちらしずし］），也屬於壽司的一種。

壽司

9
★enjoy★

鮪魚
マグロ
maguro

鯛魚
タイ
tai

青魽(鰤魚)
ブリ
buri

比目魚
ヒラメ
hirame

鯖魚
サバ
saba

壽司菜單

推薦美食 BEST 5

1 鮪魚

マグロ（まぐろ・鮪）maguro

鮪魚身上脂肪偏多，整體顏色偏白的部分稱為トロ（toro）。再往中間顏色稍微偏紅的部分稱為中 (ちゅう) トロ（chuutoro）。

2 鯛魚

タイ（たい・鯛）tai

為櫻花盛開時期捕捉的魚種，除了好吃以外顏色也很鮮亮。清淡的口感，屬白肉生魚片裡的最上級。

3 青魽（鰤魚）

ブリ（ぶり・鰤）buri

日本海域捕捉的鰤魚完全沒有腥味，取而代之是美味又鮮嫩的口感。

4 比目魚
ヒラメ（ひらめ・平目）
hirame

味道清淡，肉質包覆性強，堪稱是最美味的白肉生魚片。邊緣部分更是特別美味。

5 鯖魚
サバ（さば・鯖）saba

屬於冬季的魚種，自古以來就是大眾最常食用的魚種之一。比起其他魚種更容易腐臭和碎掉，一般會先用醋或鹽醃製後再食用。

鰶魚

コハダ（こはだ）kohada

一年四季都可以吃到的魚種，價格相對便宜。沾一點醋再入口會更加美味。鰶魚和鯖魚一樣都有光亮的外皮，又被稱為ひかりもの（hikarimono，發亮的）。

沙丁魚

イワシ（いわし・鰯）iwashi

冬季時，日本各地經常食用的魚種，做成生魚片也十分美味，屬於脂肪較多的魚種。

花枝

イカ（いか）ika

花枝捕捉的季節介於春季至夏季。肉質較為厚實，吃起來的口感非常特別。

章魚

タコ（たこ）tako

有時候生吃，有時會稍微涮過，做成壽司的食材之一。

鮮蝦

エビ（えび・海老）ebi

味道鮮甜，口感絕佳。因為養殖業發達，現在一年四季都吃得到。但野生的鮮蝦，捕捉季節介於四到十月之間。

甜蝦

アマエビ（あまえび・甘海老）
amaebi

帶有甜味的蝦子，透明中還會帶點藍色光澤。

毛蛤

アカガイ（あかがい・赤貝）
akagai

本身帶著些許腥味，越嚼越美味。

干貝

ホタテガイ（ほたてがい・帆立貝）
hotategai

味道鮮甜口感絕佳的干貝，除了做成壽司頗受歡迎以外，烤干貝也非常好吃。

海膽

ウニ（うに・海栗）uni

隨著產地的不同，味道和色澤都會有些許差異，但是日本產的價格非常昂貴。進口的日本海膽顏色較深，卵也較大。

鮭魚卵

イクラ（いくら）ikura

經常被叫做 ikura。鮭魚卵是日本人非常喜歡的食物之一。

壽司卷

巻き maki

巻（ま）き（maki）就是卷的意思，指用海苔或是薄煎蛋皮做成的壽司。用海苔包的壽司卷稱作「のり巻[ま]き」（norimaki），但是如果放入鮮紅的鮪魚肉，就會被稱為「鉄火[てっか]巻[ま]き」（tekkamaki）。

散壽司

ちらし寿司 chirashizushi

和韓國的海鮮蓋飯非常類似。將生魚片、煎蛋、調味過的蔬菜等食材放在白飯上。不要拌在一起食用，而是用筷子分別夾好飯與生魚片後，沾著醬油食用。

> **Tip**

怎麼讓壽司變得更好吃

吃壽司的時候，不要將白飯部分沾取醬油，正確的食用方式，是將上面的食材沾取些許醬油後食用。坐在壽司吧的時候，有時候會直接用手吃壽司，但是如果坐在餐桌上，就要用筷子食用。如果一餐要享用好幾種壽司，要先從清淡的食材開始吃，然後再吃熟食，最後是壽司卷。換種類前先吃一點壽司薑，可以讓嘴巴恢復清新，更能感受到海鮮的鮮甜滋味。

- 壽司飯 **しゃり** shari ・ 壽司的材料 **タネ** tane ／ **ネタ** neta
- 醬油 **醬油** shouyu ・ 芥末 **わさび** wasabi
- 不要芥末 **さびぬき** sabinuki ・ 壽司薑 **がり** gari
- 醃蕗蕎 **らっきょう** rakkyou

MP3 03

🗣 來一盤綜合生魚片。

刺身の盛り合わせにしましょう。

sashimino moriawaseni shimashou

🗣 請幫我去掉芥末。

さびぬきでお願いします。

sabinukide onegaishimasu

🗣 請給我一份商業（午餐）套餐。

ランチセットお願いします。

ranchisetto onegaishimasu

🗣 請再多給我一點芥末。

わさび、もうちょっともらえますか。

wasabi, mouchotto moraemasuka

🗣 我可以坐在吧台嗎？

カウンター席に座ってもいいですか。

kaunta-sekini suwattemo iidesuka

Tip

什麼是「omakase（おまかせ）」？

各位在高級日本餐廳裡，應該都有看過「おまかせ」這個套餐吧？在日文中おまかせ是「委託」的意思，也就是沒有特定菜單，交給主廚使用當天最好的食材下去料理的意思。有點像餐廳裡的「主廚嚴選」吧？雖然主廚嚴選不是指用「最好的食材」，而是指用「當季最多的食材」，不過一般來說，主廚嚴選也會隨著時間和季節變化，而其最大的優點，就是客人能享受到主廚嚴選的當季料理。

在日本不只壽司店有おまかせ，在義大利餐廳、居酒屋也都有おまかせ的服務。如果不知道要點什麼，那就點點看おまかせ吧！不僅可以感受到主廚料理中滿滿的人情味，還可以期待當天的限定料理。

日式燒肉（燒肉[やきにく]）指的就是將肉放在火上烤的意思。日式燒烤和韓式烤肉不同，日式燒烤不會先醃製肉類，而是在食用前沾上用醬油調製的醬料（タレ），隨著食用的部位不同，有時也會直接沾鹽吃。

韓國的烤肉店、烤肥腸店會獨立分開，但是在日本的燒烤店，可以吃到牛舌等其他內臟類（譯按：韓國烤腸店除了肥腸以外也會提供其他內臟部位。）基本上日本的一人份約落在一百公克左右，點餐時記得斟酌一下份量。日本燒烤店不免費提供泡菜、小菜、包菜等配菜，都必須要另外單點。

日式燒肉

牛五花
カルビ
karubi

豬肋排
豚カルビ
butakarubi

里肌肉
ロース
ro-su

烤蔬菜
焼き野菜
yakiyasai

牛舌
牛タン
gyuutan

日式燒肉店菜單

1 牛舌
牛タン gyuutan

去到日式燒烤店，先點一盤牛舌，就能全盤推翻我們對牛舌的刻板印象。柔軟的牛（ぎゅう）タン（gyuutan）一般會直接沾著鹽食用。在菜單上，上等牛舌標示為上（じょう）タン（joutan）；上等鹽味牛舌為上

（じょう）タン塩（しお）（joutanshio）；普通鹽味牛舌為並（なみ）タン塩（しお）（namitanshio）；特級牛舌為ごくうまタン（gokuumatan）等。

2 牛五花
カルビ karubi

上等牛五花（上［じょう］カルビ joukarubi）屬於牛肋骨附近的高級肉品，非常軟嫩、入口即化。比起沾醬油，沾鹽更能感受到肉質本身的鮮甜。

3 豬肋排
豚カルビ butakarubi

用偏甜的醬汁醃製過的豬肋排，放在碳火上烤過之後，那軟嫩的口感會讓人不禁露出一抹微笑。

4 里肌肉
ロース ro-su

上等里肌肉（上［じょう］ロース jou ro-su）雖然柔軟卻又不失嚼勁。比其他富含油花的肉類清淡，推薦給喜歡反覆咀嚼肉品的饕客。

5 烤蔬菜
焼き野菜（や）（やさい）yakiyasai

烤大蒜 ニンニク焼（やき）ninnikuyaki
烤高麗菜 キャベツ焼（やき）kyabetsuyaki
烤香蔥 長（なが）ネギ焼（やき）naganegiyaki
烤洋蔥 玉（たま）ネギ焼（やき）tamanegiyaki
烤甜椒 ピーマン焼（やき）pi-manyaki
烤玉米 とうもろこし焼（やき）toumorokoshiyaki
烤杏鮑菇 エリンギ焼（やき）eringiyaki

牛肉　牛肉 gyuuniku

牛肩里肌
肩ロース
kataro-su

牛尾
牛テール
gyuute-ru

牛貝身
カイノミ
kainomi

牛腹部肋骨下方的肉，是沒有筋腱口感軟嫩的瘦肉。

牛腹脅肉
ササミ
sasami

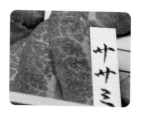

牛雜肉
切^きり落^おとし
kiriotoshi

烤牛腸
ホルモン焼^やき
horumonyaki

牛腸的日文是ホルモン（horumon）。日式燒烤
店可以吃到各式不同的牛內臟。

內臟 もつ motsu
牛肚 ミノ mino
肝 レバー reba-
心臟 ハツ hatsu
大腸 マルチョウ maruchou
牛百頁 センマイ senmai
牛胸線 シビレ shibire
牛心管 コリコリ korikori

牛肉的部位名稱分解圖

② ざぶとん とうがらし みすじ さんかく

かた ③ 肩ロース

① タン

⑮ レバー

⑯ ミノ

① 舌　タン tan
② 上等肩肉　ざぶとん zabuton
　　上肩肉　とうがらし tougarashi
　　牛板腱　みすじ misuji
　　牛三角　さんかく sankaku
③ 肩里肌　肩（かた）ロース kataro-su
④ 肋眼　リブロース riburo-su
⑤ 腰內肉（菲力）ヒレ hire
⑥ 莎朗　サーロイン sa-roin
⑦ 臀肉　ランプ ranpu
⑧ 上後腰脊蓋肉　イチボ ichibo
⑨ 尾巴　テール te-ru
⑩ 外側後腿肉　外（そと）もも sotomomo
⑪ 內側後腿肉　內（うち）もも uchimomo
⑫ 小腸、大腸　ホルモン horumon

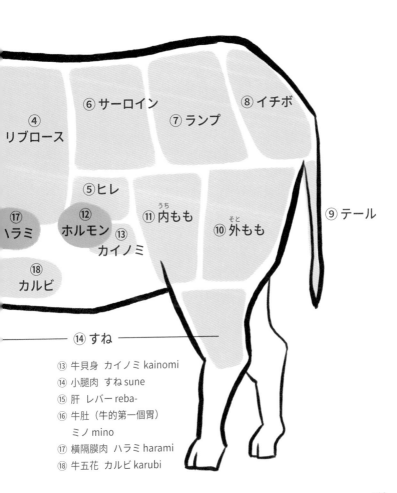

④ リブロース

⑥ サーロイン

⑦ ランプ

⑧ イチボ

⑤ ヒレ

⑰ ハラミ

⑫ ホルモン

⑬ カイノミ

⑪ 内^{うち}もも

⑩ 外^{そと}もも

⑨ テール

⑱ カルビ

⑭ すね

⑬ 牛貝身　カイノミ kainomi
⑭ 小腿肉　すね sune
⑮ 肝　レバー reba-
⑯ 牛肚（牛的第一個胃）
　　ミノ mino
⑰ 横隔膜肉　ハラミ harami
⑱ 牛五花　カルビ karubi

豬肉 豚肉 butaniku

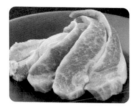

豬頸肉
豚トロ
tontoro

豬五花
サムギョプサル
samugyopusaru

日文中稱該部位為豚（ぶた）バラ（butabara），
但也可以和韓文發音一樣稱之サムギョプサル
（samugyopusaru）。

厚切培根
厚切りベーコン
atsugiribe-kon

豬肥腸
豚ホルモン
butahorumon

子宮（コブクロ kobukuro）和軟骨（軟骨 [なんこ
つ]nankotsu）是經常食用的部位。

雞腿肉
^{とり}
鶏もも
torimomo

油花與瘦肉分布均勻,肉質軟嫩。

烤干貝
^{ほ たて や}
帆立焼き
hotateyaki

干貝 帆立貝(ほたてがい)hotategai

烤香腸
^や
ウィンナー焼き
whinna-yaki

維也納香腸 ウィンナーソーセージ whinna-so-se-ji

- 生菜 **サンチュ** sanchu
- 生菜包飯 **つつみチシャ** tsutsumichisha
- 泡菜 **キムチ** kimuchi   • 素菜 **ナムル** namuru
- 冷麵 ^{れいめん}**冷麵** reimen

豬肉的部位名稱分解圖

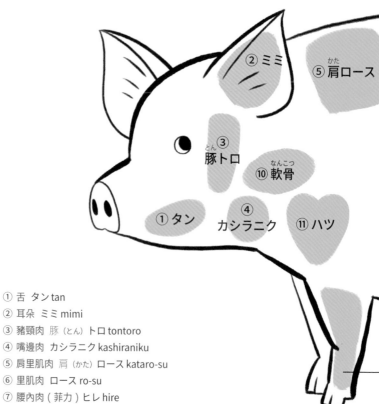

② ミミ

⑤ 肩ロース
かた

③
豚トロ
とん

⑩ 軟骨
なんこつ

① タン

④
カシラニク

⑪ ハツ

① 舌　タン tan
② 耳朵　ミミ mimi
③ 豬頸肉　豚（とん）トロ tontoro
④ 嘴邊肉　カシラニク kashiraniku
⑤ 肩里肌肉　肩（かた）ロース kataro-su
⑥ 里肌肉　ロース ro-su
⑦ 腰內肉（菲力）　ヒレ hire
⑧ 豬五花　豚（ぶた）バラ butabara
⑨ 大腿肉　もも momo
⑩ 軟骨　軟骨（なんこつ）nankotsu
⑪ 心臟　ハツ hatsu

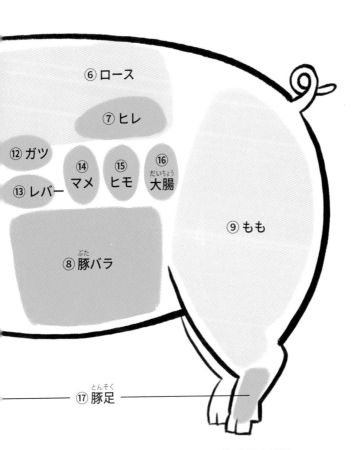

⑥ ロース

⑦ ヒレ

⑫ ガツ

⑭ マメ

⑮ ヒモ

⑯ 大腸（だいちょう）

⑬ レバー

⑨ もも

⑧ 豚（ぶた）バラ

⑰ 豚足（とんそく）

⑫ 胃　ガツ gatsu

⑬ 肝　レバー reba-

⑭ 腎臓　マメ mame

⑮ 小腸　ヒモ himo

⑯ 大腸　大腸（だいちょう）daichou

⑰ 豬腳　豚足（とんそく）tonsoku

帶骨豬小排
ほね つ
骨付きカルビ
honetsukikarubi

去骨豬小排
なか お
中落ちカルビ
nakaochikarubi

蔥花鹽味牛舌
しお
ねぎ塩タン
negishiotan

牛舌搭配蔥花、鹽和檸檬一起食用。

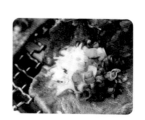

橫隔膜肉

ハラミ　harami
上等橫隔膜肉　上（じょう）ハラミ jouharami
牛橫隔膜肉　牛（ぎゅう）ハラミ gyuuharami
豬橫隔膜肉　豚（ぶた）ハラミ butaharami
雞橫隔膜肉　鶏（にわとり）ハラミ niwatoriharami
每隻雞只有十公克的雞橫隔膜肉。

Tip

什麼是「食べ放題」和「飲み放題」？

物價昂貴的日本，在團體聚餐、同學會或公司聚餐等場合，經常使用 tabehoudai（食 [た] べ放題 [ほうだい]）和 nomihoudai（飲 [の] み放題 [ほうだい]）。tabehoudai 是吃（たべる）、nomihoudai 是喝（のむ）加上有盡情之意的 houdai（放題 [ほうだい]）。

也就是付一定金額後，就可以吃到飽、喝到飽，跟我們的吃到飽非常相似，不過不同之處在於食べ放題和飲み放題會有一小時或九十分鐘的時間限制。餐點和飲料的限制，會隨著選擇的方案而改變，越貴的方案就能享受

越多種類。有些地方是自助式的，但也有些店家是透過和店員點餐後，直接將餐點送到各桌。

食べ放題的種類從肉類到壽司、炸雞等非常多樣，現在還有涮涮鍋和蛋糕甜點類的食べ放題。居酒屋這類有許多酒局的場所，也提供食べ放題和飲み放題的選擇，其中又屬飲み放題非常受到喜歡喝酒的民眾歡迎。酒品包含了燒酒、雞尾酒、紅酒等各式不同酒類，可以依照個人喜好選擇酒品也是飲み放題的一大優點。

居酒屋（いざかや）是提供酒類和簡易料理的地方。一般都會先點酒，再加點下酒菜，裝在小盤子裡的下酒菜（おとおし）會隨著人數出菜。這是為了確保出餐之前，每個客人都可以先吃點東西，結帳時基本消費會增加大約三百至五百日圓。

一般來說，日本人到居酒屋會「先來一杯生啤酒！」（とりあえず生[なま]ビール）。利用味道較淡的生啤酒過過口，再點上幾道下酒菜，最後再加點每個人自己想喝的酒，輕鬆享受酒局的歡快。

11
★enjoy★

居酒屋

毛豆
しお ゆ　　　えだまめ
塩茹で枝豆
shioyudeedamame

芥末章魚
たこわさび
takowasabi

烤串／烤雞肉串
や　　とり
焼き鳥
yakitori

烤雞翅
て ば さき
手羽先
tebasaki

帯卵柳葉魚
こ もち
子持ししゃも
komochishishamo

居酒屋菜單

1 毛豆
塩茹で枝豆
（しお ゆ　えだまめ）
shioyudeedamame

用鹽水煮過的毛豆，經常被作為下酒菜。
生啤酒配上毛豆，味道會更加突顯。

2 芥末章魚
たこわさび takowasabi

切成細條的章魚與芥末一起醃製，再放進冰
箱冷藏待其入味，是頗有人氣的下酒菜之
一。有些偏鹹。

3 帶卵柳葉魚
子持ししゃも
（こ もち）
komochishishamo

把帶卵柳葉魚下去烤後製成的下酒菜，味道
清淡又好吃。在日本，想選擇不帶湯汁的下
酒菜時，柳葉魚是最佳首選。

4 烤雞翅
手羽先 <ruby>手羽先<rt>て ば さき</rt></ruby> tebasaki

手羽先（てばさき tebasaki）是雞翅的意思。一手拿著塗滿醬汁炭烤後油光四散的烤雞翅，一手拿著酒杯，還能有什麼比這個組合更美好？

5 烤串／烤雞肉串
焼き鳥 <ruby>焼<rt>や</rt></ruby>き<ruby>鳥<rt>とり</rt></ruby> yakitori

烤串的種類非常多樣，有雞肉、豬肉、牛內臟、蔬菜等。一般都會塗上醬汁（たれ tare）下去燒烤，有時候也會以鹽（しお shio）作為調味。讓我們來看看烤串有哪些種類吧！

大腿肉 もも momo

雞胸肉 ささみ sasami

皮 かわ kawa

雞頸肉 せせり seseri

雞屁股 ぼんじり bonjiri

軟骨 なんこつ nankotsu

心臟 はつ hatsu

肝 きも kimo ／レバー reba-

雞胗 砂肝（すなぎも）sunagimo ／砂（すな）ずり sunazuri

119

醃菜拼盤
漬物盛り合わせ
tsukemonomoriawase

漬物（つけもの tsukemono）是將蔬菜用鹽、醬油等調味料醃製。

淺漬小菜
お新香浅漬け
oshinkoasazuke

酸拌海菜
もずく酢 mozukusu

もずく（mozuku）是在海菜中加入醋，帶著酸甜的滋味。

鹽烤遠東多線魚
ホッケ焼き
hokkeyaki

薄切生肉

カルパッチョ karupaccho
在生肉片上淋上醬汁。

奶油蟹肉可樂餅

カニクリームコロッケ
kanikuri-mukorokke

綜合生魚片拼盤

刺身盛り合わせ
<ruby>刺<rt>さし</rt>身<rt>み</rt>盛<rt>も</rt>り合<rt>あ</rt>わせ</ruby>
sashimimoriawase

炙燒鮪魚生魚片

マグロのたたき maguronotataki
用大火快速的燒熟鮪魚的表層，使內層的鮪魚肉
更加軟嫩，非常美味。再配上蘿蔔芽等蔬菜和醬
汁，是日本代表性的下酒菜。非常適合搭配清酒
（日本酒）。

串燒丸子
つくね串 tsukunekushi

丸子串燒。通常是絞碎的魚肉或雞肉,加上雞蛋、麵粉後製成的圓形小丸子。

雞蔥串
ねぎま串
negimakushi

泡菜豬肉
豚キムチ
butakimuchi

煎餃
焼餃子 yakigyouza

鍋貼。

炸河蝦
川エビの唐揚げ
kawaebinokaraage

把河川裡抓來的小河蝦油炸,最後撒上鹽調味,
口感香酥。

日式炸豆腐
揚げ出し豆腐
agedashidoufu

將醬油和料酒製成的醬汁淋在炸豆腐上。

奶油玉米
コーンバター ko-nbata-

在玉米裡加入奶油,是在家也能親手做出的簡易
下酒菜。

炙烤鰩魚翅
エイヒレの炙り焼き
eihirenoaburiyaki

一般都會沾美乃滋一起食用,味道偏鹹、香氣
十足。

鐵板炒飯
鉄板イタめし <small>てっぱん</small> teppanitameshi

居酒屋不只有賣下酒菜，也有鐵板炒飯、握壽司、茶泡飯等正餐選擇。

茶泡飯
お茶漬け <small>ちゃ づ</small> ochazuke

把飯泡在綠茶裡食用，是非常簡便的料理，有時也會加入海苔或鮭魚一起食用。

Tip

- 德利（用來裝熱清酒的酒瓶）**とっくり** tokkuri
- 清酒杯 **おちょこ** ochoko
- 玻璃杯 **グラス** gurasu
- 啤酒杯 **ジョッキ** jokki

日本的聚餐文化

日本酒局跟台灣酒局比較起來顯得文靜許多,沒有輪番敬酒,也不會喝炸彈酒,更幾乎沒有強迫飲酒的文化。每個人點自己能喝的份量,依照個人酒量喝酒,所以也可以各自品嘗不同種類的酒。

至於倒酒的方式,則是等對方酒杯剩半杯時,先問過對方是否要繼續喝酒,再把酒倒滿,這樣才符合禮節。結帳的時候都是各自負擔,因此幾乎不會看到那種「今天我請客」的場景。如學生和月薪族這類的族群,一般都會採用AA制(割勘[わりかん])。像生日或送別會等場合,則是去掉主角,剩下的人一起均分,或是一開始就會收取會費。與老師、上

司或前輩等職位較高者一起用餐時,上位者有時會多負擔一點。

Tip

日本各式酒類介紹

啤酒

ビール bi-ru

日本啤酒以 Asahi（アサヒ）、麒麟（キリン）、札幌（サッポロ）、三得利（サントリー）等最為著名。
黑啤酒 黒（くろ）ビール kurobi-ru
杯裝啤酒 ビンビール binbi-ru
罐裝啤酒 カンビール kanbi-ru

生啤酒

生ビール namabi-ru
なま

在韓國一般分為 500cc 和 1,000cc，但是在日本是以啤酒杯（ジョッキ）的大小點單。

威士忌

ウィスキー whisuki-

烈酒比起直接飲用，一般會以水稀釋（水割り [みずわり]）後飲用。如果想加冰塊稀釋，可以說こおりください。

高球

ハイボール haibo-ru

高球是在威士忌裡加入蘇打水製成的一種雞尾酒。其中，三得利高球非常有名。

香檳

シャンパン
shanpan

白蘭地

ブランデー
burande-

琴酒

ジン
jin

干邑白蘭地

コニャック
konyakku

燒酒
しょうちゅう
燒酎
shouchuu
在居酒屋也可以經常看見韓國的真露（ジンロ）燒酒。

日本酒／清酒
に ほんしゅ
日本酒
nihonshu

雞尾酒
カクテル
kakuteru

梅酒
うめしゅ
梅酒
umeshu

紅酒
ワイン
wain
紅酒 赤（あか）ワイン akawain
白酒 白（しろ）ワイン shirowain

沙瓦
サワー
sawa-
在威士忌或白蘭地裡加入檸檬或萊姆汁，做成帶點酸味的雞尾酒。

碳酸酒
チューハイ chu-hai
燒酒（燒酎 [しょうちゅ]）加高球（ハイボール）的簡稱。是在燒酒裡加入碳酸酒的雞尾酒。

烏龍茶燒酒
ウーロンハイ
u-ronhai
麥燒酒（麦焼酎 [むぎしょうちゅ]）混烏龍茶（ウーロン茶 [ちゃ]）製出的酒。

日本的速食餐廳有麥當勞、Subway、漢堡王、肯德基、儂特利（LOTTERIA）和摩斯漢堡（モスバーガー）等；家庭餐廳則有 Gusto（ガスト）、嚇一跳驢子（びっくりドンキー）、薩莉亞（サイゼリヤ）、COCO's 和丹尼斯（デニーズ）等。從早點套餐、午餐到晚餐，餐點五花八門。也可以只進去喝飲料，就像一般咖啡廳一樣。由於是全年無休二十四小時營業，所以在日本旅行時，如果遇到沒有電車或公車的情況，是消磨時間的好地方。

12
★enjoy★

速食餐廳&
家庭餐廳

漢堡

ハンバーガー
hanba-ga-

炸薯條

ポテトフライ
potetofurai

義式漢堡排

イタリアンハンバーグ
itarianhanba-gu

牛排

ビーフステーキ
bi-fusute-ki

和風義大利麵

和風スパゲッティ
wafuusupagetthi

速食餐廳＆家庭餐廳菜單

1 義式漢堡排
イタリアンハンバーグ
itarianhanba-gu

漢堡排上撲滿起司，是日本孩童外食最喜歡的料理。口感軟嫩的漢堡排配上醬汁一起食用，那種滿足不言而喻。

2 牛排
ビーフステーキ
bi-fusute-ki

香嫩的和牛在嘴裡瞬間化開的滋味。大人們去家庭餐廳必點的料理！可以根據自己的喜好，選擇牛排的熟成度。

3 和風義大利麵
和風<ruby>わ ふう</ruby>スパゲッティ
wafuusupagetthi

和風義大利麵以其清爽的口感著名。在菜單上經常可以見到和風（わふう wafuu）二字，指的是日本風味的意思。

漢堡

ハンバーガー hanba-ga-

起司 チーズ chi-zu	照燒 テリヤキ teriyaki
雞肉 チキン chikin	魚排 フィッシュ fisshu
加倍 ダブル daburu	培根 ベーコン be-kon

炸薯條

ポテトフライ
potetofurai

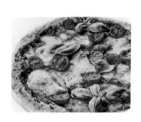

披薩

ピザ piza

瑪格麗特 マルゲリータ marugeri-ta
莎樂美腸 サラミソーセージ saramiso-se-ji
莫札瑞拉 モッツァレラ mottuxarera
蔬菜 野菜 （やさい） yasai

沙拉

サラダ sarada

火腿 ハム hamu	凱薩 シーザー shi-za-
蝦子 エビ ebi	鮭魚 サーモン sa-mon
馬鈴薯 ポテト poteto	
海鮮 シーフード shi-fu-do	

131

玉米濃湯

コーンスープ
ko-nsu-pu

雞排

チキンステーキ
chikinsute-ki

牛肉咖哩

ビーフカレー
bi-fukare-

燴飯

あんかけご飯 ankakegohan

あんかけ（ankake）指鋪上澱粉勾芡過的芡汁，
例如糖醋肉的沾醬。淋上海鮮、肉與蔬菜調和的
中式醬汁所製成的日式蓋飯。

義大利麵

スパゲッティ supagetthi

波隆那肉醬 ボロネーゼ borone-ze
培根蛋麵 カルボナーラ karubona-ra
肉醬 ミートソース mi-toso-su
白醬 クリームソース kuri-muso-su

雞肉墨西哥芝士餡餅

チキンケサディーヤ

chikinkesadhi-ya

蝦仁墨西哥炒飯

シュリンプジャンバラヤ

shurinpujanbaraya

什錦飯（jambalaya）是發源於美國南部，類似於西班牙海鮮飯（paella）的飯類料理。

Tip

日本飲料介紹

- 軟性飲料 **ソフトドリンク** sofutodorinku
- 無酒精飲料 **ノンアルコール** nonaruko-ru

茶類

- 烏龍茶 **烏龍茶** u-roncha _{ウーロンちゃ}
- 紅茶 **紅茶** koucha _{こうちゃ}
- 蕎麥茶 **そば茶** sobacha _{ちゃ}
- 麥茶 **麦茶** mugicha _{むぎちゃ}
- 綠茶 **緑茶** ryokucha _{りょくちゃ}

水果類飲料

- 果汁 **ジュース** ju-su
- 柳橙汁 **オレンジジュース** orenjiju-su
- 葡萄柚汁 **グレープフルーツジュース** gure-pufuru-tsuju-su
- 蘇打 **エード** e-do

碳酸飲料

- 可樂 **コーラ** ko-ra
- 雪碧 **サイダー** saida-
- 薑汁汽水 **ジンジャーエール** jinja-e-ru

乳製品

- 牛奶 **牛乳** <ruby>牛乳<rt>ぎゅうにゅう</rt></ruby> gyuunyuu
- 優格 **ヨーグルト** yo-guruto
- 可爾必思 **カルピス** karupisu
- 拉西 **ラッシー** rasshi-

涮涮鍋（しゃぶしゃぶ）是因為薄切的肉片放進滾燙的熱水中，會發出 shabushabu 的聲響而得名。涮涮鍋屬於鍋物料理，將牛肉和蔬菜放進昆布湯底（昆布 [こんぶ] だし）涮熟後，再沾上柚子醋或芝麻醬食用。除了牛肉以外，還有豬肉、雞肉、河豚、章魚、松葉蟹等食材供選擇。

13
★enjoy★

涮涮鍋

牛肉涮涮鍋
牛肉しゃぶしゃぶ
gyuunikushabushabu

章魚涮涮鍋
タコしゃぶしゃぶ
takoshabushabu

螃蟹涮涮鍋
カニしゃぶしゃぶ
kanishabushabu

櫻鯛涮涮鍋
桜鯛しゃぶしゃぶ
sakuradaishabushabu

豆乳涮涮鍋
豆乳しゃぶしゃぶ
tounyuushabushabu

涮涮鍋菜單

牛肉涮涮鍋
ぎゅうにく
牛肉しゃぶしゃぶ
gyuunikushabushabu

最常見也最受歡迎的涮涮鍋。

章魚涮涮鍋
タコしゃぶしゃぶ
takoshabushabu

將切成薄片的章魚放入熱水川燙後食用，嘴裡會充滿章魚鮮甜的滋味。富含嚼勁的口感也是其魅力所在。

螃蟹涮涮鍋
カニしゃぶしゃぶ
kanishabushabu

螃蟹涮涮鍋屬於價格昂貴的高級料理，是將去掉外殼的螃蟹放進熱水川燙食用。螃蟹本身鮮嫩多汁，不需要任何搭配沾料。最後的那碗雜炊粥，更是絕品。

櫻鯛涮涮鍋
<ruby>桜鯛<rt>さくらだい</rt></ruby>しゃぶしゃぶ
sakuradaishabushabu

春天才能享受的特別料理。享受櫻鯛的扎實口感與豐富油脂交織成的美味饗宴。

豆乳涮涮鍋
<ruby>豆乳<rt>とうにゅう</rt></ruby>しゃぶしゃぶ
tounyuushabushabu

在高湯裡加入豆乳的涮涮鍋。不只是牛肉，和豬肉的味道也非常搭配。加入白菜、京水菜、蘿蔔、香菇等食材都非常美味。

日本酒涮涮鍋
<ruby>日本酒<rt>にほんしゅ</rt></ruby>しゃぶしゃぶ
nihonshushabushabu

高湯中加入日本酒後，放入肉和蔬菜的涮涮鍋。日本酒可以讓肉和蔬菜的味道更加鮮美，還能暖活身子，因此是最適合冬季的涮涮鍋。

涮涮鍋的食材與配料

白菜 はくさい **白菜** hakusai	豆腐 とうふ **豆腐** toufu	茼蒿 しゅんぎく **春菊** shungiku
京水菜 みずな **水菜** mizuna	蘿蔔 だいこん **大根** daikon	雞肉丸 とり **鶏つみれ** toritsumire
牛蒡 **ごぼう** gobou	香菇 **しいたけ** shiitake	蔥 **ねぎ** negi
胡蘿蔔 **にんじん** ninjin	麻糬／年糕 **もち** mochi	烏龍麵 **うどん** udon
蝦仁餃子 え び ぎょう ざ **海老餃子** ebigyouza	豆皮 ゆ ば **湯葉** yuba 待豆腐加熱時形成的表皮凝結後曬乾製成。	雞蛋雜炊粥 たま ご ぞう すい **玉子雑炊** tamagozousui

讓涮涮鍋變得更美味

吃涮涮鍋的時候，不能讓肉類煮太久，不僅肉類固有的成分和營養會流失，肉質也會變得乾柴。煮食材的時候要經常將泡沫舀出，以保持湯頭乾淨的狀態。吃涮涮鍋要先從肉類開始，接著再吃蔬菜，這樣才能先將肉類的成分煮進湯頭，讓蔬菜更加鮮甜可口。由於涮涮鍋湯頭清淡，一般會將肉類和蔬菜沾柚子醋、紅葉蘿蔔泥（もみじおろし）（在蘿蔔泥內加入磨碎的紅辣椒，再撒上滿滿的蔥花）或七味粉（七味 [しちみ]）一起食用，讓食物風味更上一層。

一般像涮涮鍋這類的鍋物料理，吃完所有配菜後，最後會將烏冬麵或拉麵放進湯裡熬煮，或是放入白飯煮成雜炊粥。鍋物料理吃完後加入白飯或是麵類被稱作「鍋（なべ）し
め」。雜炊粥是吃完鍋物後，留下大約一杯子的高湯，然後放入白飯和雞蛋熬煮，煮熟後有點類似粥或燉飯，某些地區則稱之爲「おじや」。

壽喜燒（すきやき）是將牛肉、豆腐、白菜、茼蒿、蔥、牛蒡、蒟蒻等
食材薄切後，放進鍋裡煮熟，再沾一點碗裡的蛋液食用的料理。
關西地區（大阪、京都一帶）與關東地區（東京一帶）的壽喜燒烹煮法
略有不同。關西會先將肉烤過後再加入清酒與醬油等調味料，接著再將
剩下的蔬菜、豆腐等食材放入與肉汁和清酒調和後的湯頭裡。在關東則
是將肉類、蔬菜、豆腐等食材直接放入預先準備好的湯頭裡熬煮。
壽喜燒跟涮涮鍋一樣，會將烏龍麵加入剩下的湯汁裡，或是將其熬煮成
粥。下次去到日本的壽喜燒餐廳，再注意觀察一下是關東還是關西壽喜
燒吧！

14
★enjoy★

壽喜燒

牛肉
ぎゅうにく
牛肉
gyuuniku

生蛋
なまたまご
生卵
namatamago

烤豆腐
やきどうふ
焼豆腐
yakidoufu

白菜
はくさい
白菜
hakusai

雑炊粥
ぞうすい
雑炊
zousui

關西壽喜燒料理法

❶ 先準備好壽喜燒的食材，牛肉、蔥、白菜、茼蒿、豆腐、牛蒡、蒟蒻等。

❷ 在預熱好的鍋底塗上一層牛油，再放入沙朗牛下去烤。

❸ 加入蔥段增加香氣。

❹ 撒上一點微鹹的醬汁。

❻ 把煮熟的食材沾上用蛋液製成的醬料。

❺ 將洋蔥、香菇、牛蒡、豆腐、蒟蒻等其他食材集中放進鍋裡一側。

❼ 吃完壽喜燒後，放入烏龍麵下去煮，或是加入白飯熬煮成雜炊（雜炊 [ぞうすい] zousui）。

Tip

吃壽喜燒的時候，為什麼都要把肉沾生蛋食用？

直接食用剛煮好的肉，不僅會燙口，食用的速度也會減慢。然而沾生蛋後，可以迅速去掉熱氣。再加上雞蛋滑嫩的口感，可以襯托出肉類的香氣。壽喜燒的生蛋沾醬並沒有想像中的腥味。

壽喜燒的食材與配料

烤豆腐 やきどうふ **焼豆腐** yakidoufu	白菜 はくさい **白菜** hakusai	洋蔥 たま **玉ねぎ** tamanegi
蔥 **ねぎ** negi	牛蒡 **ごぼう** gobou	茼蒿 しゅんぎく **春菊** shungiku
杏鮑菇 **エリンギ** eringi	香菇 **しいたけ** shiitake	金針菇 **えのき** enoki
蒟蒻 **しらたき** shirataki	小麥製成的麵 ふ **麩** fu	水芹 **せり** seri

日本會席料理

會席料理（会席料理 [かいせきりょうり]）是日本宴會專用料理。如果住在日本的傳統旅館，一般晚餐都會提供會席料理。

基本上會席料理是由湯、生魚片、烤物、煮物所組成。包含前菜、炸物、蒸物、涼菜、醋醃物等，最後再上飯、湯、醃漬物、甜點。跟著上菜的節奏，緩緩享受這頓美味饗宴即可。

- 前菜 **お通し**[とお]：正餐出菜前的簡單開胃菜
- 醋醃物 **酢の物**[す もの]：用醋調味後的料理
- 醃漬物 **漬物**[つけもの]：醃漬蔬菜

會席料理的出菜順序和菜品，會因為地區不同有所變化。出菜順序約為前菜－清醬湯－生魚片－烤物－煮物－炸物－主菜（飯、味噌湯、醃漬物）－甜點。

 ▶ ▶ ▶

生魚片　　　　烤物　　　　　煮物　　　　　炸蝦

147

御好燒的お好〔この〕み是喜歡、喜好的意思，燒〔や〕き則是烤的意思，御好燒也就是根據喜好挑選食材後，在鐵板上煎烤的料理。御好燒會在麵糊裡加入肉類、花枝、高麗菜、雞蛋等自己喜歡的食材。放上鐵板上煎烤後再塗上御好燒專用的醬料與美乃滋，最後撒上柴魚粉。大阪和廣島等地區，還有地區性獨特風味的御好燒。隨著地區不同，料理方法也會有些許差異，另外還有摩登燒（モダン燒〔や〕き）與文字燒（もんじゃ燒〔や〕き）。

15
★enjoy★

御好燒

御好燒
<ruby>この<rt>この</rt></ruby>
お好み焼き
okonomiyaki

摩登燒
モダン焼き
modanyaki

文字燒
もんじゃ焼き
monjayaki

御好燒菜單

關西風御好燒
関西風お好み焼き
kansaifuuokonomiyaki

一般來說，御好燒就是指關西風的御好燒。
在麵糊裡加入高麗菜、磨好的山藥、醃生薑
等食材，混合後放上鐵板煎烤。會在上面加
上五花肉、花枝、蝦仁等食材，然後待兩面
煎烤熟成後，淋上專用的醬料和美乃滋。

廣島風御好燒
広島風お好み焼き
hiroshimafuuokonomiyaki

廣島風御好燒會先將麵糊薄鋪在鐵板上，在
上面放上滿滿的高麗菜後，再放上薄切的五
花肉，然後將兩面煎熟後再塗上醬料食用。
關西風的高麗菜和麵糊比例為一比一，而廣
島風御好燒的特點即是高麗菜的量會比麵糊
多四倍。

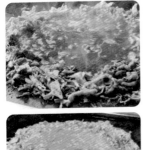

摩登燒

モダン焼き

modanyaki

在關西風御好燒中加入中華麵後煎烤。因為多了麵，飽足感也更高，非常受到年輕人的歡迎。

文字燒

もんじゃ焼き

monjayaki

源自東京老百姓家中。將高麗菜、豬肉絲、蝦子、蔥、醃生薑等食材放在鐵板上煎烤，然後再加入麵糊（比關西風御好燒麵糊含水量高）混合後繼續煎烤。主要盛行於東京地區，跟關西風御好燒比起來較無負擔，因此也很受歡迎。

御好燒裡的食材

高麗菜 **キャベツ** kyabetsu	蔥 **ねぎ** negi	起司 **チーズ** chi-zu
蝦子 **えび** ebi	泡菜 **キムチ** kimuchi	美乃滋 **マヨネーズ** mayone-zu
花枝 **いか** ika	花枝腳 **いかげそ** ikageso	章魚 **たこ** tako
培根 **ベーコン** be-kon	玉米 **コーン** ko-n	麻糬／年糕 **もち** mochi
明太子 めんたい こ **明太子** mentaiko	紅生薑 べに **紅しょうが** benishouga	牛板筋 ぎゅう **牛すじ** gyuusuji
干貝 **ホタテ** hotate	海苔 あお の り **青海苔** aonori	納豆 なっとう **納豆** nattou

Tip

怎麼讓御好燒更好吃

日本的御好燒專賣店通常桌上都會鋪有鐵板,座位則是以鐵板為中心擴散。店員會負責料理御好燒,所以饕客們只需要看著店員們精心製作的過程,等待御好燒上桌即可。料理御好燒時會使用一個叫做「こて」的料理器具,食用的時候不使用筷子,也會使用こて。

啤酒和沙瓦(以燒酒和水果飲料混合製成的酒類)是吃御好燒時經常搭配的飲品。在大阪以外的地區,會將御好燒當成和風料理食用。但是在經常食用御好燒的大阪地區,則將御好燒當成一樣配菜,會搭配白飯以定食的方式販售。

在冷風颼颼的冬季，腦海裡總會浮現各式各樣的鍋物料理，此時就屬鍋物最受歡迎的時期。鍋料理（なべりょうり）是指日本的鍋類和石鍋料理。なべ也就是鍋子的意思。把各式各樣的食材放進鍋裡一同熬煮，再將其舀進自己的盤子或是裝有柚子醋或醬料的小碗裡食用。如果是個人小鍋，則不需要舀出食材，而是直接從鍋裡夾取食用。會席料理中也會出現一人用的小鍋物料理。

16
★enjoy★

鍋物

鮟鱇魚火鍋
あんこうなべ
鮟鱇鍋
ankounabe

相撲火鍋
なべ
ちゃんこ鍋
chankonabe

內臟鍋
なべ
もつ鍋
motsunabe

什錦鍋
よ　なべ
寄せ鍋
yosenabe

千層鍋
なべ
ミルフィーユ鍋
mirufi-yunabe

鍋物料理菜單

1 鮟鱇魚火鍋
鮟鱇鍋 ankounabe
<small>あんこうなべ</small>

韓國較常把鮟鱇魚做成清蒸料理，但是日本則經常將鮟鱇魚做成清爽的湯類料理，搭配各種蔬菜和柚子醋一起食用。在日本鮟鱇魚非常昂貴，因此這道料理屬於高級料理之一。

2 相撲火鍋
ちゃんこ鍋 chankonabe
<small>なべ</small>

據說是相撲選手非常喜歡的料理。把海鮮、肉類、蔬菜等食材切得大大的放進鍋裡熬煮，是補充精力的飲食之一。最後加入烏龍麵一起煮，非常美味。

3 內臟鍋
もつ鍋 motsunabe
<small>なべ</small>

類似韓國的肥腸火鍋。在福岡地區非常著名。日本的內臟鍋與韓式香辣的肥腸火鍋不同，是清淡的口味。特色是會加入大量的韭菜。

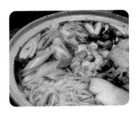

烏龍麵火鍋

うどんすき udonsuki

與粗粗的烏龍麵一起熬煮,加入蝦子、麻糬、魚板、豆腐、青菜、雞肉等食材。

雞肉火鍋

水炊き mizutaki
<small>みず た</small>

類似於清燉料理。將切得偌大的帶骨雞肉放進鹽水裡熬煮,再以醋醬油調味,會放入楓葉或乾蔥作為辛香料。

白身魚火鍋

ちり鍋 chirinabe
<small>なべ</small>

將白肉海鮮與蔬菜一起放進鍋裡熬煮,十分清爽。一般沾柚子醋一起食用。

石狩鍋

石狩鍋 ishikarinabe
<small>いし かり なべ</small>

鮭魚鍋。以鮭魚為主材料,再搭配其他蔬菜一起滾煮。

157

牛肉火鍋
ぎゅうなべ
牛鍋 gyuunabe

牛肉鍋。

日式親子鍋
おや こ なべ
親子鍋 oyakonabe

雞肉與雞蛋鍋。

牡蠣鍋
なべ
かき鍋

kakinabe

櫻花鍋
さくらなべ
桜鍋

sakuranabe

泥鰍鍋
泥鰌鍋 (どじょうなべ)
泥鰌鍋
dojounabe

蛤蜊鍋

はまぐり鍋 (なべ)
hamagurinabe

什錦鍋
寄せ鍋 (よ) (なべ) yosenabe

加入雞肉、魚貝類、魚板、蔬菜等各式食材煮成的鍋物料理。

千層鍋
ミルフィーユ鍋 (なべ) mirufi-yunabe

千層 (mille-feuille) 是指好幾層派皮做成的法式甜點。將白菜和牛肉像千層派一樣層層疊加,顏色和賣相一應俱全。會將白菜和肉一起沾醬食用。

日本是世界第三大的咖啡消費國。在日本有許多像星巴克這類的特約連鎖店，日本本土品牌 DOUTOR 和 KOMEDA（コメダ）也很常見。便利商店裡也有咖啡機，高品質的咖啡只要約一百日圓，就能用低價享受好咖啡。特別是東京，充滿大大小小的咖啡廳，甚至能來場咖啡探索之旅（コーヒーめぐり）。要不要試著在日本靜謐的咖啡廳裡，放鬆一下旅行所帶來的疲勞呢？

17
★enjoy★

咖啡廳

美式咖啡

アメリカン・コーヒー
amerikan ko-hi-

拿鐵咖啡

カフェラテ
kaferate

摩卡咖啡

カフェモカ
kafemoka

卡布奇諾

カプチーノ
kapuchī-no

義式濃縮咖啡

エスプレッソ
esupuresso

咖啡廳菜單

推薦美食 BEST 3

1 美式咖啡

アメリカン・コーヒー

amerikan ko-hi-

一般咖啡廳的菜單上，美式咖啡會標示為カフェア
メリカーノ（kafeamerika-no）或アメリカンコー
ヒー（amerikanko-hi-）。每間咖啡廳都會有配方
咖啡（ブレンド・コーヒー burendo ko-hi-）供選
擇，可以嘗試日本人所偏好濃中帶酸的特濃咖啡。

2 冰咖啡

アイスコーヒー aisuko-hi-

冰咖啡的味道會比韓國咖啡略微厚重，冰塊融化的過程中，
可以一鼓作氣感受到咖啡從原始香醇到後期溫和的香氣。在
咖啡廳的菜單上，如果看到アイス（aisu）就是指冷飲的意
思，熱飲則是ホット（hotto）。

3 手沖咖啡

ドリップコーヒー

dorippuko-hi-

隨著咖啡產地，使用各種不同的咖啡豆沖
泡。根據手沖的方法和操作者的不同，手沖
咖啡的味道也會不同，一起享受多變的手沖咖啡吧。

哥倫比亞 コロンビア koronbia	巴西 ブラジル burajiru	
瓜地馬拉 グアテマラ guatemara	藍山 ブルーマウンテン buru-maunten	
吉利馬札羅 キリマンジャロ kirimanjaro		

義式濃縮咖啡

エスプレッソ

esupuresso

拿鐵咖啡

カフェラテ

kaferate

摩卡咖啡

カフェモカ

kafemoka

卡布奇諾

カプチーノ

kapuchi-no

冰滴咖啡

ダッチ・コーヒー
dacchi ko-hi-

焦糖瑪奇朵

キャラメルマキアート
kyaramerumakia-to

阿芙佳朵

アフォガート
afoga-to

Tip

日本「咖啡」的發音

日本咖啡的發音為「ko-hi-」，如果對日本人說「kopi」（譯按：韓語中咖啡（커피）的發音），有可能會被誤解為複印「copy」的意思。咖啡在日文一般標記為コーヒー，漢字為「珈琲」。許多店面會在招牌寫上「珈琲」，要記住哦！

熱可可

ホットチョコ
hottochoko

緑茶
緑茶 （りょくちゃ） ryokucha

煎茶 煎茶（せんちゃ）sencha
抹茶 抹茶（まっちゃ）maccha
茶包 ティーバッグ thi-baggu

紅茶
紅茶 （こうちゃ） koucha

大吉嶺 ダージリン da-jirin
皇家奶茶 ロイヤルミルクティー roiyarumirukuthi-

柚子茶
柚子茶 （ゆずちゃ）
yuzucha

草本茶

ハーブティー ha-buthi-

格雷伯爵茶 アールグレイ a-rugurei
洋甘菊 カモミール kamomi-ru
香茅 レモングラス remongurasu
南非茶 ルイボス ruibosu
胡椒薄荷 ペパーミント pepa-minto
薫衣草 ラベンダー rabenda-
柑橘薄荷 ミントシトラス mintoshitorasu
薔薇果 ローズヒップ ro-zuhippu

冰茶

アイスティー aisuthi-

檸檬 レモン remon　水蜜桃 ピーチ pi-chi
草莓 ストローベリー sutoro-beri-
蘋果 アップル appuru

檸檬蘇打水

レモネード
remone-do

優格

ヨーグルト yo-guruto

優酪乳 のむヨーグルト nomuyo-guruto
原味 プレーン pure-n
覆盆子 ラズベリー razuberi-
藍莓 ブルーベリー buru-beri-

冰沙

スムージー
sumu-ji-

果汁

ジュース ju-su

橘子 オレンジ orenji
芒果 マンゴー mango-
奇異果 キウィ kiwhi
香蕉 バナナ banana
胡蘿蔔 キャロット kyarotto
鳳梨 パイナップル painappuru
草莓 イチゴ ichigo ／ストローベリー sutoro-beri-

咖啡廳會話

MP3 04

請給我一杯拿鐵咖啡。

カフェラテひとつください。
kaferate hitotsu kudasai

請給我一杯美式咖啡和卡布奇諾。

アメリカンとカプチーノください。
amerikanto kapuchi-no kudasai

請給我一杯小杯的熱咖啡。

ホットコーヒーの S をひとつください。
hottoko-hi-no esuo hitotsu kudasai

請給我冰的。

アイスでお願いします。
aisude onegaishimasu

咖啡請幫我泡淡一點。

コーヒーは薄めでお願いします。
ko-hi-wa usume de onegaishimasu

請再幫我多加一個 shot。

ショット追加してください。
shotto tsuikashite kudasai

我不需要鮮奶油。

ホイップクリームは乗せないでください。
hoippukuri-muwa nosenaide kudasai

不用加糖。

シロップは抜いてください。
shiroppuwa nuite kudasai

熱　ホット hotto
冰／冷　アイス aisu
加一個 shot　ショット追加（ついか）shotto tsuika
鮮奶油　ホイップクリーム hoippukuri-mu
水　お水（みず）omizu

可麗餅店大排長龍、知名麵包店當天現烤麵包迅速銷售一空，這些都是日本常見的情景。日本的麵包、蛋糕、餅乾等這類食品的發展較為發達。有許多甜點不僅美味又漂亮，讓人遲遲無法下口。去到日本百貨公司的地下街，可以看見各式各樣甜點陳列於此，甜點的人氣指數甚至還會影響百貨公司的銷售量，可見甜點在日本受歡迎的程度非同小可。讓我們一起看看這些旅行途中送禮自用兩相宜的高人氣甜點吧！

18
★enjoy★

麵包&甜點

抹茶冰淇淋
まっちゃ
抹茶ソフトクリーム
macchasofutokuri-mu

可麗餅
クレープ
kure-pu

鬆餅
パンケーキ
panke-ki

蛋糕
ケーキ
ke-ki

刨冰
こおり
かき氷
kakigoori

麵包＆甜點菜單

1 抹茶冰淇淋

抹茶ソフトクリーム
macchasofutokuri-mu

抹茶是粉狀的綠茶，比起綠茶味道更香濃。最近抹茶巧克力、冰淇淋、蛋糕等都非常受歡迎，其中又屬日本的抹茶產品更香濃可口。在日本的便利商店都可以輕易購買到抹茶冰淇淋，去到日本非嘗不可！

2 可麗餅

クレープ kure-pu

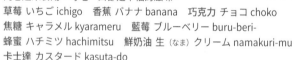

香甜的可麗餅，將許多甜甜的食材放入餅皮內卷起來食用，每吃一口都是幸福的滋味。

草莓 いちご ichigo　香蕉 バナナ banana　巧克力 チョコ choko
焦糖 キャラメル kyarameru　藍莓 ブルーベリー buru-beri-
蜂蜜 ハチミツ hachimitsu　鮮奶油 生（なま）クリーム namakuri-mu
卡士達 カスタード kasuta-do

3 鬆餅

パンケーキ panke-ki

最近鬆餅專賣店如雨後春筍般出現，可以說是甜點界的黑馬。加上楓糖、奶油、花生醬、肉桂粉一起食用，又或是在鮮奶油上加入藍莓、草莓、香蕉等水果。

4 蛋糕
ケーキ ke-ki

草莓蛋糕 いちごケーキ ichigoke-ki
起司蛋糕 チーズケーキ chi-zuke-ki
戚風蛋糕 シフォンケーキ shifonke-ki
提拉米蘇 ティラミス thiramisu
鮮奶油蛋糕 生（なま）クリームケーキ namakuri-muke-ki

5 刨冰
かき氷（ごおり）kakigoori

日本刨冰是將冰塊磨成碎冰再淋上糖漿。草莓、檸檬、哈密瓜糖漿等口味都非常受到歡迎。雖然跟韓國刨冰略有不同，沒有韓式紅豆刨冰會出現的紅豆、煉乳、黃豆粉等各種各樣的配料，但是最近日本刨冰也會加入水果或冰淇淋做搭配。
在夏季慶典或煙花季等活動上，經常可以見到刨冰的身影。

豆沙麵包

あんパン

anpan

咖哩麵包

カレーパン

kare-pan

奶油麵包

クリームパン

kuri-mupan

菠蘿麵包

メロンパン

meronpan

日本人最喜歡的麵包之一。

可樂餅

コロッケ korokke

牛肉 ビーフ bi-fu
咖哩 カレー kare-
蝦子 えび ebi
奶油蟹肉 かにクリーム kanikuri-mu

沙拉麵包

サラダパン

saradapan

蒜香麵包

ガーリックパン

ga-rikkupan

吐司
しょく
食パン

shokupan

法國麵包

バゲット
bagetto

甜甜圈

ドーナツ
do-natsu

貝果

ベーグル be-guru

芝麻 セサミ sesami
洋蔥 オニオン onion
藍莓 ブルーベリー buru-beri-

可頌麵包

クロワッサン
kurowassan

馬芬蛋糕

マフィン
mafin

蜂蜜蛋糕

カステラ kasutera

長崎蜂蜜蛋糕
長崎（ながさき）カステラ nagasakikasutera

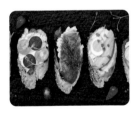

法式開胃小菜

カナッペ
kanappe

比利時鬆餅

ワッフル waffuru

巧克力 チョコ choko
堅果 アーモンド a-mondo
肉桂 シナモン shinamon
楓糖 メープル me-puru

瑪德蓮蛋糕

マドレーヌ
madore-nu

帕尼尼

パニーニ
pani-ni

起司火鍋

チーズフォンデュ
chi-zufondhu

班尼迪克蛋

エッグベネディクト
eggubenedhikuto

磅蛋糕

パウンドケーキ
paundoke-ki

瑞士卷

ロールケーキ
ro-ruke-ki

杯子蛋糕

カップケーキ
kappuke-ki

舒芙蕾

スフレ
sufure

泡芙

シュークリーム
shu-kuri-mu

年輪蛋糕

バウムクーヘン
baumuku-hen

蒙布朗

モンブラン
monburan

塔

タルト
taruto

馬卡龍

マカロン
makaron

仙貝

せんべい
senbei

柿種米果
かき　　たね
柿の種
kakinotane

大福
だいふく
大福 daifuku

將豆沙或其他食材放進軟嫩的糯米年糕裡。
草莓大福 いちご大福（だいふく）ichigodaifuku
雪見大福 雪見（ゆきみ）だいふく yukimidaifuku

糰子
だんご
dango

羊羹
羊羹
ようかん
youkan

銅鑼燒
どら焼き dorayaki
や

柔軟的麵包裡包著豆沙餡。

餡蜜
あんみつ anmitsu

在紅豆餡上加入水果、麻糬、果凍、冰淇淋等配
料,跟韓國的紅豆刨冰有點類似。

紅豆湯

ぜんざい zenzai

紅豆湯裡加有麻糬，有時也會冰鎮過後再食用。

杏仁豆腐

杏仁豆腐 annintoufu

豆腐果凍，跟布丁很像。

Tip

適合當伴手禮的甜點們

- 東京香蕉 **東京ばな奈** toukyoubanana
- ROYCE 生巧克力 **ロイズ生チョコレート** roizunamachokore-to
- 長崎蜂蜜蛋糕 **長崎カステラ** nagasakikasutera
- 草莓大福 **いちご大福** ichigodaifuku
- 蒟蒻果凍 **蒟蒻畑** konnyakubatake

🧑 請問總共幾位？
なんめいさま
何名様ですか。
nanmeisamadesuka

- -

🧑 總共兩位。

ふたりです。
futaridesu

一位 ひとり hitori
三位 さんにん sannin
四位 よにん yonin
五位 ごにん gonin

- -

🧑 請安排禁菸區給我。
きんえんせき
禁煙席にしてください。
kinensekini shite kudasai

吸菸區 喫煙席（きつえんせき）kitsuenseki
靠窗的位置 窓際（まどぎわ）の席（せき）madogiwanoseki
靠裡面的位置 奥（おく）のほうの席（せき）okunohounoseki
中間的位置 カウンター席（せき）kaunta-seki

🔵 要等多久？

どのくらい待ちますか。

donokurai machimasuka

🔵 請跟我來。

こちらへどうぞ。

kochirae douzo

🔵 請給我菜單。

メニューを見せてください。

menyu-o misete kudasai

🔵 請問有韓文菜單嗎？

韓国語のメニューはありますか。

kankokugono menyu-wa arimasuka

🔵 不好意思。

あのう、すみません。

anou, sumimasen

請問要點餐了嗎？

ご注文はお決まりですか。

gochuumonwa okimaridesuka

請幫我點餐。

注文お願いします。

chuumon onegaishimasu

請問有推薦的料理嗎？

おすすめ料理は何ですか。

osusumeryouriwa nandesuka

我要這個。

これにします。

koreni shimasu

請給我一份一樣的。

同じものをください。

onajimonoo kudasai

🗣 請不要加芥末。

ワサビは抜いてください。

wasabiwa nuite kudasai

蒜頭 にんにく ninniku
洋蔥 玉（たま）ねぎ tamanegi
小黃瓜 キュウリ kyuuri

🗣 筷子掉了。

はしを落としました。

hashio otoshimashita

🗣 請給我湯匙。

スプーンお願いします。

supu-n onegaishimasu

叉子 フォーク fo-ku
竹筷子 わりばし waribashi
盤子 おさら osara
吸管 ストロー sutoro-
水 みず mizu
衛生紙 ティッシュ thisshu
醬料 ソース so-su

這是什麼樣的料理？

これはどんな料理ですか。

korewa donna ryouridesuka

請再給我一份這個。

これをもうひとつください。

koreo mouhitotsu kudasai

還需要其他東西嗎？

他のものは、よろしいでしょうか。

hokanomonowa, yoroshiideshouka

可以幫我清理一下嗎？

これを片付けてください。

koreo katazukete kudasai

不好意思，請幫我結帳。

すみません、お会計お願いします。

sumimasen, okaikei onegaishimasu

請給我結算明細表。

お勘定お願いします。
かんじょう　ねが

okanjouonegaishimasu

總共多少錢?

いくらですか。

ikuradesuka

總共是六千日圓。

全部で 6,000 円でございます。
ぜんぶ　ろくせん　えん

zenbude rokusenende gozaimasu

很好吃。

おいしかったです。

oishikattadesu

我吃飽了。

ごちそうさまでした。

gochisousamadeshita

肉類

和牛	**和牛**（わぎゅう）wagyuu
黑毛和牛	**黑毛和牛**（くろげわぎゅう）kurogewagyuu
牛五花	**カルビ** karubi
里肌肉	**ロース** ro-su
腰內肉	**ヒレ** hire
莎朗	**サーロイン** sa-roin
橫隔膜肉	**ハラミ** harami
牛尾	**牛**（ぎゅう）**テール** gyuute-ru
肝	**レバー** reba-
生肉片	**ユッケ** yukke **肉刺**（にくさ）**し** nikusashi

肥腸	**ホルモン** horumon
	(＊內臟 もつ) motsu

豬肉	**豚肉**（ぶたにく）butaniku

五花肉	**豚**（ぶた）**バラ** butabara

羊羔	**ラム** ramu

羊肉	**羊肉**（ひつじにく）hitsujiniku

馬肉	**馬肉**（ばにく）baniku

生馬肉片	**馬刺**（ばさ）**し** basashi

雞肉	**鶏肉**（とりにく）toriniku
	チキン chikin

胸脯肉	**胸肉**（むねにく）muneniku

翅膀肉	**手羽肉**（てばにく）tebaniku

雞翅	**手羽先**（てばさき）tebasaki

雞腿	鳥 (とり) もも torimomo
雞皮	鳥皮 (とりかわ) torikawa
雞胗	砂肝 (すなぎも) sunagimo
軟骨	軟骨 (なんこつ) nankotsu
土雞	地鶏 (じどり) jidori
烏骨雞	烏骨鶏 (うこっけい) ukokkei
火雞	七面鳥 (しちめんちょう) shichimenchou
鴨	カモ kamo
家鴨	アヒル ahiru
雉雞	キジ kiji
鵝肝／肥肝	フォアグラ foagura

魚類／貝類／海鮮

鮭魚	サケ／さけ／鮭 sake サーモン sa-mon
竹莢魚	アジ／あじ／鯵 aji
鮪魚	マグロ／まぐろ／鮪 maguro
鯛魚	タイ／たい／鯛 tai
鯖魚	サバ／さば／鯖 saba
秋刀魚	サンマ／さんま／秋刀魚 sanma
鰹魚	カツオ／かつお／鰹 katsuo
比目魚	ヒラメ／ひらめ／平目 hirame
鰈魚	カレイ／かれい／鰈 karei
鱈魚	タラ／たら／鱈 tara

明太魚	スケトウダラ／すけとうだら suketoudara	
水針魚	サヨリ／さより sayori	
沙丁魚	イワシ／いわし／鰯 iwashi	
鰤魚	ブリ／ぶり／鰤 buri	
幼鰤魚	ハマチ／はまち hamachi （＊在關東地區（東京一側）也有養殖鰤魚之意）	
紅魽	カンパチ／かんぱち kanpachi	
鰶魚	コハダ／こはだ kohada	
鰆魚	サワラ／さわら／鰆 sawara	
黑曹魚	クロソイ／くろそい kurosoi	
多線魚	ホッケ／ほっけ hokke	
飛魚	トビウオ／とびうお tobiuo	

白帶魚	タチウオ／たちうお／太刀魚 tachiuo
沙鮻	キス／きす kisu
日本花鱸	スズキ／すずき suzuki
鯔魚	ボラ／ぼら bora
鯊魚	サメ／さめ／鮫 same
鰻魚	ウナギ／うなぎ／鰻 unagi
星鰻	アナゴ／あなご anago
海鰻	ハモ／はも hamo
鮟鱇魚	アンコウ／あんこう ankou
魟魚	エイ／えい ei
河豚	フグ／ふぐ fugu
鯉魚	コイ／こい／鯉 koi

香魚	アユ／あゆ ayu
櫻鱒	マス／ます masu
鯽魚	フナ／ふな／鮒 funa
鯰魚	ナマズ／なまず namazu
泥鰍	ドジョウ／どじょう dojou
貝類	貝（かい）kai
蛤蜊	ハマグリ／はまぐり hamaguri
赤嘴蛤	アサリ／あさり asari
蜆仔	シジミ／しじみ shijimi
鮑魚	アワビ／あわび／鮑 awabi
螺	サザエ／さざえ sazae
牡蠣	カキ／かき／牡蠣 kaki

干貝	ホタテガイ／ほたてがい／帆立貝 hotategai
牛角江珧蛤	タイラガイ／たいらがい tairagai
紅蛤	ムール貝（がい） mu-rugai
海鞘	ホヤ／ほや hoya
毛蛤	アカガイ／あかがい／赤貝 akagai
鳥蛤	トリガイ／とりがい torigai
花枝	イカ／いか ika
章魚	タコ／たこ tako
短蛸	イイダコ／いいだこ iidako
螃蟹	カニ／かに kani
花蟹	ワタリガニ／わたりがに watarigani
松葉蟹	ズワイガニ／ずわいがに zuwaigani

毛蟹	毛 (け) ガニ kegani
蝦子	エビ／えび／海老 ebi
甜蝦	アマエビ／あまえび／甘海老 amaebi
日本龍蝦	伊勢 (いせ) エビ iseebi
明蝦	クルマエビ／くるまえび kurumaebi
龍蝦	ロブスター robusuta-
蝦蛄	シャコ／しゃこ shako
海參	ナマコ／なまこ／海鼠 namako
水母	クラゲ／くらげ kurage
鱉	スッポン／すっぽん suppon
海藻	海草 (かいそう) kaisou
海帶	ワカメ／わかめ wakame

昆布	コンブ／こんぶ／昆布 konbu
鹿尾菜	ヒジキ／ひじき hijiki
水雲	モズク／もずく mozuku
海苔	海苔（のり）nori
魚卵	魚卵（ぎょらん）gyoran 魚（さかな）の卵（たまご）sakananotamago
明太子醬	明太子（めんたいこ）mentaiko
鮭魚子醬	筋子（すじこ）sujiko （＊把整個鮭魚卵以鹽醃製）
鮭魚卵	イクラ／いくら ikura （＊把鮭魚卵個別以鹽醃製）
海膽	ウニ／うに／海栗 uni
魚子醬	キャビア kyabia

蔬菜／香菇

白菜	**白菜** （はくさい） hakusai
高麗菜	**キャベツ** kyabetsu
萵苣	**レタス** retasu
蘿蔔	**大根** （だいこん） daikon
蕪菁	**かぶ** kabu
竹筍	**たけのこ** takenoko
馬鈴薯	**じゃがいも** jagaimo
蕃薯	**さつまいも** satsumaimo
芋頭	**さといも** satoimo
山藥	**やまいも** yamaimo
胡蘿蔔	**にんじん** ninjin

南瓜	カボチャ kabocha
蓮藕	れんこん renkon
牛蒡	ごぼう gobou
蘆筍	アスパラガス asuparagasu
小黃瓜	きゅうり kyuuri
茄子	なす nasu
甜椒	ピーマン pi-man
玉米	とうもろこし toumorokoshi
花椰菜	ブロッコリー burokkori-
蔥	ねぎ negi
洋蔥	たまねぎ tamanegi
蒜頭	にんにく ninniku

菠菜	**ほうれんそう** hourensou
緑豆芽	**もやし** moyashi
茼蒿	**しゅんぎく** shungiku
韭菜	**にら** nira
水芹	**せり** seri
蕈類	**キノコ** kinoko
香菇	**しいたけ** shiitake
松茸	**まつたけ** matsutake
杏鮑菇	**エリンギ** eringi
滑子菇	**ナメコ** nameko
洋菇	**マッシュルーム** masshuru-mu
松露	**トリュフ** toryufu

味覺形容詞＆推薦標示詞

好吃	**おいしい** oishii **うまい** umai	

好吃（名詞）	**旨**（うま）uma

很好吃	**極旨**（ごくうま）gokuuma

非常好吃	**激**（げき）**うま** gekiuma

上選	**特上**（とくじょう）tokujou

頂級	**極上**（ごくじょう）gokujou

特選	**特選**（とくせん）tokusen

推薦	**おすすめ** osusume

特產	**名物**（めいぶつ）meibutsu

BV5024

日文點餐一指就通：不會日文也能吃遍日本！

ENJOY 일본어 메뉴판 읽기

原書書名 / ENJOY 일본어 메뉴판 읽기
原出版社 / NEXUS Co., Ltd.
作　　　者 / 黃美珍（황미진）
譯　　　者 / 蔡佩君
企 劃 選 書 / 何宜珍
責 任 編 輯 / 韋孟岑、鄭依婷

版　　　權 / 吳亭儀、江欣瑜、林易萱
行 銷 業 務 / 周佑潔、賴玉嵐、賴正祐
總 　 編 　 輯 / 何宜珍
總 　 經 　 理 / 彭之琬
事業群總經理 / 黃淑貞
發 　 行 　 人 / 何飛鵬
法 律 顧 問 / 元禾法律事務所　王子文律師
出　　　版 / 商周出版
　　　　　　臺北市中山區民生東路二段141號9樓
　　　　　　電話：(02) 2500-7008　傳眞：(02) 2500-7759
　　　　　　E-mail：bwp.service@cite.com.tw　Blog：http://bwp25007008.pixnet.net./blog
發 　 　 　 行 / 英屬蓋曼群島商家庭傳媒股份有限公司城邦分公司
　　　　　　台北市104中山區民生東路二段141號2樓
　　　　　　書虫客服專線：(02)2500-7718、2500-7719
　　　　　　服務時間：週一至週五上午09:30-12:00；下午13:30-17:00
　　　　　　24小時傳眞專線：(02)2500-1990、2500-1991
　　　　　　劃撥帳號：19863813　戶名：書虫股份有限公司
　　　　　　讀者服務信箱：service@readingclub.com.tw　城邦讀書花園：www.cite.com.tw
香港發行所 / 城邦（香港）出版集團有限公司
　　　　　　地址：香港九龍九龍城土瓜灣道86號順聯工業大廈6樓A室
　　　　　　電話：(852) 2508-6231　傳眞：(852) 2578-9337　E-mailL：hkcite@biznetvigator.com
馬新發行所 / 城邦（馬）出版集團【Cité (M) Sdn. Bhd】
　　　　　　41, Jalan Radin Anum, Bandar Baru Sri Petaling,
　　　　　　57000 Kuala Lumpur, Malaysia.
　　　　　　電話：(603)9056-3833　傳眞：(603)9057-6622　E-mail：services@cite.my

封 面 設 計 / copy
內 頁 編 排 / 蔡惠如、唯翔工作室
印　　　刷 / 卡樂彩色製版印刷有限公司
經 　 銷 　 商 / 聯合發行股份有限公司　電話：(02)2917-8022　傳眞：(02)2911-0053

2019年3月7日初版
2024年1月4日2版

城邦讀書花園
www.cite.com.tw

定價360元　Printed in Taiwan
著作權所有，翻印必究
ISBN 978-626-318-951-5
ISBN 978-626-318-949-2（EPUB）

ENJOY 일본어 메뉴판 읽기
Copyright © 2017 by Hwang Mizin
All rights reserved.
Traditional Chinese copyright © 2019, 2024 by Business Weekly Publications, a division of cite publishing LTD.
This Traditional Chinese edition was published by arrangement with NEXUS Co., Ltd.
through Agency Liang

國家圖書館出版品預行編目(CIP)資料
日文點餐一指就通：不會日文也能吃遍日本!/黃美珍著；蔡佩君譯. -- 2版. -- 臺北市：商周出版：英屬蓋曼
群島商家庭傳媒股份有限公司城邦分公司發行, 2024.01
216面 ;12.5*18.8公分　譯自：ENJOY 일본어 메뉴판 읽기　ISBN 978-626-318-951-5（平裝附光碟片）
1.CST: 日語 2.CST: 菜單 3.CST: 詞彙　803.12　112019294

商周出版

104　台北市民生東路二段141號B1

英屬蓋曼群島商家庭傳媒股份有限公司城邦分公司　收

- -

請沿虛線對摺，謝謝！

商周出版

書號：BV5024　　編碼：

書名：日文點餐一指就通：不會日文也能吃遍日本！

商周出版

讀者回函卡

感謝您購買我們出版的書籍！請費心填寫此回函卡，我們將不定期寄上城邦集團最新的出版訊息。

線上版讀者回函卡

姓名：＿＿＿＿＿＿＿＿＿＿＿＿＿＿＿＿＿＿＿＿＿　性別：□男　□女

生日：西元＿＿＿＿＿＿＿年＿＿＿＿＿＿＿月＿＿＿＿＿＿＿日

地址：＿＿＿＿＿＿＿＿＿＿＿＿＿＿＿＿＿＿＿＿＿＿＿＿＿＿＿＿＿＿＿＿

聯絡電話：＿＿＿＿＿＿＿＿＿＿＿＿　傳真：＿＿＿＿＿＿＿＿＿＿＿＿＿

E-mail：

學歷：□ 1. 小學 □ 2. 國中 □ 3. 高中 □ 4. 大學 □ 5. 研究所以上

職業：□ 1. 學生 □ 2. 軍公教 □ 3. 服務 □ 4. 金融 □ 5. 製造 □ 6. 資訊

　　　□ 7. 傳播 □ 8. 自由業 □ 9. 農漁牧 □ 10. 家管 □ 11. 退休

　　　□ 12. 其他＿＿＿＿＿＿＿＿＿＿＿＿＿＿＿＿＿＿＿＿＿＿＿＿＿＿

您從何種方式得知本書消息？

　　　□ 1. 書店 □ 2. 網路 □ 3. 報紙 □ 4. 雜誌 □ 5. 廣播 □ 6. 電視

　　　□ 7. 親友推薦 □ 8. 其他＿＿＿＿＿＿＿＿＿＿＿＿＿＿＿＿＿＿＿

您通常以何種方式購書？

　　　□ 1. 書店 □ 2. 網路 □ 3. 傳真訂購 □ 4. 郵局劃撥 □ 5. 其他＿＿＿

您喜歡閱讀那些類別的書籍？

　　　□ 1. 財經商業 □ 2. 自然科學 □ 3. 歷史 □ 4. 法律 □ 5. 文學

　　　□ 6. 休閒旅遊 □ 7. 小說 □ 8. 人物傳記 □ 9. 生活、勵志 □ 10. 其他

對我們的建議：＿＿＿＿＿＿＿＿＿＿＿＿＿＿＿＿＿＿＿＿＿＿＿＿＿＿＿

＿＿＿＿＿＿＿＿＿＿＿＿＿＿＿＿＿＿＿＿＿＿＿＿＿＿＿＿＿＿＿＿＿＿

＿＿＿＿＿＿＿＿＿＿＿＿＿＿＿＿＿＿＿＿＿＿＿＿＿＿＿＿＿＿＿＿＿＿